結婚《けっこん》を約束《やくそく》したカップルの奇跡《きせき》の愛《あい》の物語《ものがたり》――。

8年《ねん》越《ご》しの花嫁《はなよめ》

奇跡《きせき》の実話《じつわ》

中《なか》原《はら》麻《ま》衣《い》

22歳《さい》。レストランの調理師《ちょうりし》。
天真爛漫《てんしんらんまん》な性格《せいかく》。
西澤尚志《にしざわひさし》と婚約《こんやく》している。

Character
登場人物《とうじょうじんぶつ》

中《なか》原《はら》初《はつ》美《み》

麻衣《まい》の母親《ははおや》。
主婦《しゅふ》。

中《なか》原《はら》浩《こう》二《じ》

麻衣《まい》の父親《ちちおや》。
市役所勤務《しやくしょきんむ》。

西澤尚志《にしざわひさし》

24歳《さい》。自動車修理工場勤務《じどうしゃしゅうりこうじょうきんむ》。
職場《しょくば》の先輩《せんぱい》の誘《さそ》いで行《い》った合《ごう》コンで、
麻衣《まい》に出会《であ》う。

婚約中《こんやくちゅう》

室田浩輔《むろたこうすけ》

尚志《ひさし》の職場《しょくば》の先輩《せんぱい》。
尚志《ひさし》を弟分《おとうとぶん》のように
かわいがっている。

柴田社長《しばたしゃちょう》

尚志《ひさし》と室田《むろた》が勤《つと》める
太陽《たいよう》モータースの社長《しゃちょう》。
何《なに》かと尚志《ひさし》を
気《き》にかけてくれる。

島尾真美子《しまおまみこ》

結婚式場《けっこんしきじょう》のプランナー。
尚志《ひさし》と麻衣《まい》の担当者《たんとうしゃ》。

Story
あらすじ

合《ごう》コンで知《し》りあい、
すぐにつきあうようになった
尚《ひさ》志《し》と麻《ま》衣《い》。

お互《たが》いに強《つよ》くひかれあい、婚《こん》約《やく》。

麻衣《まい》は突然《とつぜん》頭痛《ずつう》を訴《うった》え、病院《びょういん》に。

自動車修理工場《じどうしゃしゅうりこうじょう》に勤《つと》める西澤尚志《にしざわひさし》は、先輩《せんぱい》の誘《さそ》いで合《ごう》コンへ。そこで知《し》りあった中原麻衣《なかはらまい》とつきあう。明《あか》るい麻衣《まい》と真面目《まじめ》な尚志《ひさし》はお互《たが》いにひかれあい、婚約《こんやく》。しかし結婚式直《けっこんしきちょく》前《ぜん》に、麻衣《まい》を病魔《びょうま》がおそう。なんとそれは三百万人《さんびゃくまんにん》にひとりの病《やまい》だった。

幸《しあわ》せの絶頂《ぜっちょう》にいたが……。

原因不明《げんいんふめい》の病《やまい》に倒《たお》れてしまう。

麻衣《まい》が目覚《さ》めるまで
そばにいる決意《けつい》をした尚志《ひさし》。

想《おも》いが通じ、
目《め》を覚《さ》ます麻衣《まい》。

しかし……。

麻衣《まい》は尚志《ひさし》を覚《おぼ》えていなかった。

記憶《きおく》を取《と》り戻《もど》すために、

ふたりの思《おも》い出《で》を必死《ひっし》にたどる麻衣《まい》。

いつ目《め》を覚《さ》ますかわからない麻衣《まい》。麻衣《まい》の両親《りょうしん》は尚志《ひさし》に麻衣《まい》をわすれるよう告《つ》げた。尚《ひさ》志《し》は悩《なや》むが、麻衣《まい》のそばにいることを決意《けつい》。そんな想《おも》いが伝《つた》わり、麻衣《まい》が一年半《いちねんはん》ぶりに目《め》を覚《さ》ます。しかし麻衣《まい》は、尚志《ひさし》のことをわすれてしまっていた。リハビリで体《からだ》は回復《かいふく》するが、尚志《ひさし》のことは思《おも》い出《だ》せず、苦悩《くのう》する麻衣《まい》。

尚志《ひさし》は、麻衣《まい》につらい思《おも》いをさせていると知《し》り、

別《わか》れを告《つ》げた……。

自分《じぶん》が麻衣《まい》を苦《くる》しめていると悟《さと》った尚志《ひさし》は、麻衣《まい》のもとを去《さ》る決意《けつい》をする。そしてある日《ひ》、麻衣《まい》は結婚《けっこん》式場《しきじょう》のプランナー・島尾《しまお》に偶然《ぐうぜん》会《あ》い、尚志《ひさし》がつづけていたあることを明《あ》かされる。

病《やまい》に倒《たお》れてから7年後《ねんご》、

麻衣《まい》は思《おも》いがけず真実《しんじつ》を知《し》る——。

8年越しの花嫁

奇跡の実話

時海結以／著
岡田惠和／脚本

★小学館ジュニア文庫★

これは、本当《ほんとう》にあった話《はなし》にもとづいた、ある恋人《こいびと》たちの物語《ものがたり》。

1　きみが好《す》きだ

おれと、麻衣《まい》との出会《であ》いは、最悪《さいあく》……というほどでもないけれど、けっこうひどかった。

――二〇〇六年三月十七日《ねんさんがつじゅうしちにち》の夜《よる》、岡山県岡山市《おかやまけんおかやまし》の繁華街《はんかがい》にある焼肉店《やきにくてん》。おれは、職場《しょくば》の先輩《せんぱい》にさそわれて、先輩《せんぱい》の友《とも》だちや、その人《ひと》の彼女《かのじょ》の友人《ゆうじん》たちとの飲《の》み会《かい》に来《き》ていた。

ようするに、「合《ごう》コン」の人数《にんずう》あわせ、だった。職場《しょくば》の同僚《どうりょう》もさそわれた。

こっちは男《おとこ》が五人《ごにん》で、先輩《せんぱい》の友《とも》だちの彼女《かのじょ》が連《つ》れてきたのは、女性《じょせい》ばかり四人《よにん》。

十人《じゅうにん》でわいわいとにぎやかに、焼肉《やきにく》のテーブルをかこむ。

ビールが入《はい》って調子《ちょうし》がよくなった職場《しょくば》の同僚《どうりょう》が、大声《おおごえ》でしゃべっている。

「で、こいつは歯医者《はいしゃ》だからめっちゃ金持《かねも》ってる」

女子《じょし》たちが「きゃーっ」ともりあがり、歯医者《はいしゃ》の男《おとこ》は「そんなことないよ」と照《て》れながらも、うれしそうだ。

「それから、公務員《こうむいん》の彼《かれ》は、安定《あんてい》してるよね」

おれは、とにかくこの場《ば》からにげたかった。こういう場《ば》がいや……ってほどでもないけど、きょうだけは、パスしたかった。

でも、ことわりきれなかったのだ。

(……腹《はら》、痛《いて》え……気持《きも》ち悪《わる》……)

朝《あさ》から腹《はら》の具合《ぐあい》が悪《わる》くて、早《はや》く家《うち》に帰《かえ》って休《やす》みたかった。なのに、こんな、酒《さけ》と脂《あぶら》のやけるにおいでいっぱいの場所《ばしょ》に来《き》て、予想《よそう》どおり、気分《きぶん》が悪《わる》くなってきた。

おれが歯《は》をくいしばって、すみの席《せき》でがまんしていると、先輩《せんぱい》の室田《むろた》さんが、声《こえ》をかけてくる。

「尚志《ひさし》、なんだよ。気《き》にいらないのかよ」

「いえ。……ちょっと……」

「もうちょっと盛《も》りあがれって。あのコ、かわいいだろ」

「あ、ああ……」

目《め》をそらすと、反対側《はんたいがわ》のすみに座《すわ》っていた、髪《かみ》が長《なが》めで、きりっと意志《いし》の強《つよ》そうなまゆをした女子《じょし》と、目《め》があった。ぱっちりしたきれいな黒《くろ》いひとみで、じっとおれを見《み》ている……というか、にらまれた気《き》がする。

ドキッとして、目《め》をふせると、室田《むろた》さんがおれの肩《かた》をこづいた。

「こいつ。西澤尚志《にしざわひさし》って男《おとこ》はさ、ちょっと顔《かお》はいいんだけど、つまんないんだよね」

えーっ、と言《い》いつつ、女子《じょし》たちがおれに注目《ちゅうもく》する。

「だってさ、職業《しょくぎょう》、車《くるま》いじり。趣味《しゅみ》、車《くるま》いじり」

「ええーっ。趣味《しゅみ》イコール仕事《しごと》ぉ？」

やだーっ、と女子《じょし》の何人《なんにん》かが笑《わら》う。室田《むろた》さんがちょっと表情《ひょうじょう》を固《かた》まらせたので、あわてて、彼《かれ》のとなりにいた女子《じょし》が話《はなし》をつないだ。背《せ》の高《たか》い美人《びじん》だ。

「車《くるま》いじりって、何《なに》するんですかぁ」

「ガソリンとか、エンジンオイルにまみれて、車《くるま》の下《した》にもぐって――」

いつの間《ま》にか、自分《じぶん》も車《くるま》いじりが好《す》きな室田《むろた》さんが、自分《じぶん》の仕事《しごと》の自慢話《じまんばなし》に話題《わだい》をすりかえる。そう、おれたちの職場《しょくば》は自動車《じどうしゃ》の修理工場《しゅうりこうじょう》で、おれの仕事《しごと》は、調子《ちょうし》の悪《わる》い自動車《じどうしゃ》を直《なお》すことだった。

室田《むろた》さんから目《め》をそらし、反対方向《はんたいほうこう》を見《み》たら、また、あの女子《じょし》と目《め》があった。さっきよりもこわい顔《かお》で、あきらかにおれをにらみつけている。

(……なんなんだ？　おれが何《なに》かしたか？)

また、腹《はら》が痛《いた》くなってきた。


焼《や》き肉《にく》を食《た》べ終《お》わり、おれ以外《いがい》の全員《ぜんいん》がもりあがったまま、二次会《にじかい》に行《い》くことになった。店《みせ》を出《で》て、アーケードのある繁華街《はんかがい》をひとかたまりになって歩《ある》きながら、室田《むろた》さんがみんなをしきっている。

「じゃ、もう一軒《いっけん》……カラオケ行《い》く？　な、みんな？」

「行《い》きましょう」

「行《い》こう行《い》こう」

賛成《さんせい》の声《こえ》があがるなか、おれは室田《むろた》さんにことわった。もう、腹痛《ふくつう》が限界《げんかい》だったからだ。

「すみません、おれはここで……」

頭《あたま》をさげると、室田《むろた》さんがむっとした。

「なんだよ、ホントつまんないやつだな」

何《なに》を言《い》われても、無理《むり》。おれはもう一度《いちど》頭《あたま》をさげ、みんなとは別方向《べつほうこう》へ歩《ある》きだした。

ひとりぐらしのアパートへ帰《かえ》ろうと、電停《でんてい》――岡電《おかでん》という路面電車《ろめんでんしゃ》の停留所《ていりゅうじょ》へむかう。

アーケードが終《お》わり、大通《おおどお》りと電停《でんてい》が見《み》えてきた。

(よかった……帰《かえ》れる……)

ほっとしたとき、後《うし》ろからすごい勢《いきお》いで走《はし》ってくる足音《あしおと》がした。

「すみません！」

女《おんな》の人《ひと》の声《こえ》だ。その声《こえ》がすぐ後《うし》ろでしたので、ぎょっとしてふり返《かえ》ると、真《ま》っ赤《か》なコートを着《き》たあの女子《じょし》が、息《いき》を切《き》らせて足《あし》を止《と》めるところだった。

「ちょっと！　あなた……西澤《にしざわ》さん！」

おれにつめよってくる。

「な、なんですか？」

「ずっと気《き》になってたんだけど。やっぱり言《い》うわ。さっきのあの態度《たいど》、あれ、なんなんですか!?」

彼女《かのじょ》がおこっているので、おれはめんくらった。

「……え？」

おれ、やっぱりおこらせるようなこと……いや、おぼえはない。

(えっと、この人《ひと》……名前《なまえ》は、最初《さいしょ》に自己紹介《じこしょうかい》した……たしか、レストランで調理《ちょうり》師《し》やってる……中原麻衣《なかはらまい》さんだ)

中原《なかはら》さんは、おれを一方的《いっぽうてき》に責《せ》めたてた。

「『おれはこういうのあんまり好《す》きじゃないんで、合《ごう》コンとか来《く》る女《おんな》はそもそも軽《かる》くて、興味《きょうみ》ない』みたいな態度《たいど》」

「い、いや、ちょっと……ちょっと待《ま》ってください」

そんなこと考《かんが》えてないのに、なぜ中原《なかはら》さんはそう思《おも》って——たずねようとしたけれど、そのすきも与《あた》えてはもらえない。

「わたしだってね、別《べつ》に『楽《たの》しくて最高《さいこう》！』なんて思《おも》っちゃいないけど、でも、せっかくの人《ひと》づきあいでしょ？　あなただって、けっきょくは自分《じぶん》の意志《いし》で来《き》てるんだし、ここに来《き》た以上《いじょう》は楽《たの》しそうにすればいいじゃないですか。っていうか、楽《たの》しくなくたって、顔《かお》に出《だ》さないのが、大人《おとな》でしょ！」

「そんな……ことは……」

「何《なに》よ！」

おれは、言《い》い訳《わけ》をあきらめた。腹《はら》が痛《いた》くて痛《いた》くて、とにかく早《はや》く解放《かいほう》されたい。

「いや、すみません、ごめんなさい」

わびるだけわびて、さっと身《み》をひるがえす。歩《ある》きだしたら、中原《なかはら》さんがおれの前《まえ》に回《まわ》りこんだ。

「は？　何《なに》、今《いま》の言《い》いかた。『めんどうくさいから、とりあえず謝《あやま》っとこうかなあ』みたいなの」

「ちがいますよ。あの場《ば》の空気《くうき》悪《わる》くしたのは悪《わる》かったから、謝《あやま》っただけで、でも別《べつ》に」

「でも別《べつ》に、何《なに》？」

「たしかに、ああいう飲《の》み会《かい》は得意《とくい》ではないですけど。でも、飲《の》み会《かい》がどうとか、いる女《おんな》の子《こ》がどうとか、思《おも》ってないですから」

「じゃ、なんなの!?　あの態度《たいど》」

「いや、だから、きょうは、お腹《なか》が痛《いた》くて！」

おれが、たまらずさけんだら、中原《なかはら》さんは目《め》を丸《まる》くして、言葉《ことば》を失《うしな》った。

「……は……？」

「肉《にく》とか酒《さけ》とか、きつくて……気持《きも》ちが悪《わる》くなってきて」

大声出《おおごえだ》したら、また腹《はら》が痛《いた》くなる。無視《むし》してもうしわけないけれど、おれは急《いそ》いで電停《でんてい》へむかった。あっけにとられていた中原《なかはら》さんが、あわててついてくる。

「ええっ、そうなの？」

「はい」

「なんだぁ。じゃあ、西澤《にしざわ》さん、悪《わる》くないじゃん。なんで謝《あやま》るの？」

「なんでって……」

中原《なかはら》さんが、おこったからで……。

「なんだ、そうだったんだ。かんちがいして、ごめんなさい」

ふわっと笑顔《えがお》に変《か》わると、中原《なかはら》さんはおれに明《あか》るい声《こえ》で言《い》った。

「みんな笑《わら》ってたけど、わたし、あれはいいなぁって思《おも》ったよ」

「あれって？」

「趣味《しゅみ》、車《くるま》いじり。仕事《しごと》、車《くるま》いじり」

きらきらした笑顔《えがお》で言《い》われたので、おれはなんだか、胸《むね》の奥《おく》が熱《あつ》くなってきた。

「……ありがとう」

いっしゅん、まなざしが交《まじ》わった。中原《なかはら》さんは照《て》れたように笑《わら》いだした。

「ふふっ、なぁんだ、お腹痛《なかいた》かったのか、もう……」

どん、とおれの肩《かた》をたたく。

「痛《いた》っ」

「じゃ、カラオケ、歌《うた》ってくるね」

「うん」

「またね」

そう言《い》って、中原《なかはら》さんはまた、ものすごいスピードで、走《はし》りさっていった。

(またね……って、メールアドレス交換《こうかん》したっけ?)

そう思《おも》ったけれど、よびとめる間《ま》もなく、彼女《かのじょ》の後《うし》ろすがたはアーケードの中《なか》にすいこまれて、人混《ひとご》みに消《き》えた。

誤解《ごかい》がとけただけでも、いいかと思《おも》いながら、おれが電停《でんてい》に立《た》っていると、またまた走《はし》ってくる足音《あしおと》がした。

「あのっ、これっ」

もどってきた中原《なかはら》さんが手《て》にしていたのは、未使用《みしよう》のカイロだった。

「これでお腹《なか》、温《あたた》めて」

「あ、ありがとう……」

そこへ路面電車《ろめんでんしゃ》が入《はい》ってくる。乗《の》りこもうとするおれに、中原《なかはら》さんが笑顔《えがお》で、元《げん》気《き》な声《こえ》をかけてくれた。

「じゃ、また。お大事《だいじ》に！」

おれも片手《かたて》をあげてこたえ、路面電車《ろめんでんしゃ》に乗《の》った。もらったカイロをながめる。

（カイロ……そろそろ春《はる》だっていうのに、今朝《けさ》は冷《ひ》えたから。それが腹痛《ふくつう》の原因《げんいん》だったのかもな）

つり皮《かわ》につかまり、動《うご》きだした路面電車《ろめんでんしゃ》の窓《まど》からふと外《そと》を見《み》たら、中原《なかはら》さんが手《て》をふって追《お》いかけてきていた。街灯《がいとう》に照《て》らされているのは、まぶしいくらいの笑顔《えがお》だった。


カイロを腹《はら》にはって寝《ね》たら、ずいぶん具合《ぐあい》がよくなった。

なので、カイロのお礼《れい》がしたくて、室田《むろた》さんにたのんで中原《なかはら》さんの連絡先《れんらくさき》をきいてもらう。けれど、それよりも早《はや》く、彼女《かのじょ》からメールが来《き》た。

『お腹《なか》の調子《ちょうし》はいかがですか？』

『おかげさまで、よくなりました。カイロめっちゃ効《き》きました。ありがとう』

『こないだは、本当《ほんとう》にごめんなさい。酔《よ》いがさめたら、失礼《しつれい》なことを言《い》っていたかもと、思《おも》いだして……はずかしくなっちゃった』

『そんな。こちらこそ……』

そんなやりとりからはじまり、毎日《まいにち》なんどもメールして、半月後《はんつきご》。おれたちは初《はじ》めてのデートをした。

デート……にさそってきたのも彼女《かのじょ》で、『調理《ちょうり》の勉強《べんきょう》のために、人気《にんき》のカフェへ行《い》ってみたいけど、ひとりで行《い》くのはちょっと』みたいなことだった。

理由《りゆう》はなんでもいいから、話《はなし》のあう中原《なかはら》さんとふたりだけで会《あ》えるのが楽《たの》しみで、たくさん話《はなし》がしたかった。おれは、まよわずＯＫ《オーケー》した。

中原《なかはら》さんは休日《きゅうじつ》のほうがいそがしい仕事《しごと》だし、おれの職場《しょくば》も交代《こうたい》で休日出勤《きゅうじつしゅっきん》がある。なのでデートは、休《やす》みのとれる平日《へいじつ》の昼《ひる》になった。

待《ま》ちあわせ場所《ばしょ》は、ふたりの職場《しょくば》のちょうど中間《ちゅうかん》にある、大型《おおがた》スーパーの駐車場《ちゅうしゃじょう》にした。中原《なかはら》さんを、おれの自慢《じまん》の愛車《あいしゃ》の助手席《じょしゅせき》に乗《の》せて、観光《かんこう》スポットにあるおしゃれなカフェへむかう。

ふたりきりだと、中原《なかはら》さんはよくしゃべって、とても元気《げんき》な人《ひと》だった。合《ご》コンで静《しず》かだったのは、おれの態度《たいど》にムッとしていただけらしい。

「——それでわたし、調理師《ちょうりし》になりたくて、神戸《こうべ》の専門学校《せんもんがっこう》へ行《い》ってたんだけど。高校《こうこう》は、一年生《いちねんせい》のときから、もうずっとレストランのアルバイトばかりやってて」

「へえ」

「でも商業科《しょうぎょうか》だったんだけどね。バイトばかりで、なんの資格《しかく》もとらんと卒業《そつぎょう》するの、おまえだけやって、先生《せんせい》にすっごいおこられたの」

商業高校《しょうぎょうこうこう》では、簿記《ぼき》やワープロ検定《けんてい》の資格《しかく》をとる。おれも工業高校《こうぎょうこうこう》で、授業《じゅぎょう》で車《くるま》や機械《きかい》をいじっていた話《はなし》をすこししたけど、だいたいは中原《なかはら》さんがしゃべっていた。

おれより二歳下《にさいした》で、二十二歳《にじゅうにさい》だということ、得意料理《とくいりょうり》は洋食全般《ようしょくぜんぱん》で、運動《うんどう》も得意《とくい》で足《あし》が速《はや》かったこと……。

春休《はるやす》みのカフェは、平日《へいじつ》でも学生風《がくせいふう》のカップルで混雑《こんざつ》していた。正直《しょうじき》、ドアを開《あ》けて一歩《いっぽ》ふみこんだとたん、(うわぁ……)とひいたくらい、カップルだらけだ。

空《あ》いたテーブルが見《み》あたらない。

けれど、中原《なかはら》さんは、ぱぱぱっと店内《てんない》を見《み》わたし、つきあいが長《なが》いらしくうちとけた感《かん》じで、食事《しょくじ》も進《すす》んでいて、仲《なか》のよさそうなカップルを選《えら》ぶと、歩《あゆ》みよった。

「すみません、合席《あいせき》いいですか?」

カップルが思《おも》わずうなずくと、「えっ、ちょっと」ととまどうおれを、手招《てまね》きする。

「いいって」

おれが恐縮《きょうしゅく》しながらテーブルについたら、中原《なかはら》さんはおれにかまわず、瀬戸内海《せとないかい》が一望《いちぼう》できる窓辺《まどべ》に近《ちか》づく。

「ここ、来《き》てみたかったんだよね」

むじゃきにほほえむのが、かわいらしかった。あっ、と気《き》がついてすぐもどってくると、おれのとなりにこしかける。

「いいとこだね。わたし、きょうは、ひとりじゃなかった……。あの……ふたりだと、もっと、いいね」

照《て》れてまなざしをふせた中原《なかはら》さんは、すぐに顔《かお》をあげて、ほほえんだ。

合席《あいせき》のカップルは、ごゆっくり、とおれたちに笑顔《えがお》で言《い》って、先《さき》に出《で》ていった。

カフェでおいしいランチを楽《たの》しんでから、おれたちはまた車《くるま》に乗《の》った。

海《うみ》や島《しま》をながめながら、海岸沿《かいがんぞ》いの道路《どうろ》をドライブする。

「なれてるから。合席《あいせき》させてくれそうなお客《きゃく》さん、見《み》つけるの」

「へえ……」

「海《うみ》、きれいだね……あ、ちょっと停《と》めて」

「ん？」

突堤《とってい》の近《ちか》くで、駐車《ちゅうしゃ》スペースもある。おれが車《くるま》を停《と》めると、中原《なかはら》さんは車《くるま》を降《お》り、突堤《とってい》で釣《つ》りをしていた老夫婦《ろうふうふ》らしいカップルに近《ちか》づいていった。

「すみませーん、何《なに》が釣《つ》れるんですか？」

もしかして、こうやってシェフって、料理《りょうり》の食材《しょくざい》を手《て》に入《い》れているのか？

おれも車《くるま》を降《お》りてそばに行《い》くと、中原《なかはら》さんは腰《こし》をかがめてバケツをのぞきこんでいた。

「すごい！　ママカリだって」

このあたりで、酢漬《すづ》けにして食《た》べる小魚《こざかな》だ。おかずにするとあまりにもおいしいので、ご飯《はん》を食《た》べすぎて、お釜《かま》が空《から》っぽになってしまい、となりの家《いえ》から「まんまを借《か》りてきたくなる」ことから、ママカリとよばれる。

「やってみるか？」

釣《つ》っていたおじいさんが、中原《なかはら》さんにきいた。

「いいんですか？」

「どうぞ」と、おばあさんが、にぎっていた釣《つ》りざおを貸《か》してくれる。

「ありがとうございます！　ねえ、西澤《にしざわ》さん、やろやろ」

おれは中原《なかはら》さんにひっぱられ、ふたりでさおをにぎった。寒《さむ》くはないけれど、春《はる》風《かぜ》が強《つよ》くて、海面《かいめん》が波立《なみだ》っている。よく晴《は》れた日《ひ》の光《ひかり》が海面《かいめん》に反射《はんしゃ》して、きらきらと彼女《かのじょ》の白《しろ》い顔《かお》を照《て》らした。彼女《かのじょ》は真剣《しんけん》なようすで、釣《つ》り糸《いと》の先《さき》——ゆれる浮《う》きに注目《ちゅうもく》している。

（なんか……まぶしくて……かわいいな）

じっと彼女《かのじょ》を見《み》つめていたら、気《き》づかれた。

「ん？」

いっしゅん視線《しせん》が交《か》わされ、ドキッとする。

「ううん……あ！」

ぐい、と手《て》ごたえがあった。

「わっ、あれ？」

「釣《つ》れてる、釣《つ》れてる」

おばあさんが手助《てだす》けしてくれて、さおをあげる。銀《ぎん》のうろこをきらめかせて、小魚《こざかな》たちが海《うみ》から飛《と》びだしてきた。釣《つ》り糸《いと》には、釣《つ》り針《ばり》が何本《なんぼん》もついていたのだ。

「こんなに釣《つ》れた！」

歓声《かんせい》をあげる中原《なかはら》さんが、とても愛《いと》おしくて、息《いき》が苦《くる》しくなった。

（おれ……この人《ひと》が、好《す》きだ）

2 結婚《けっこん》しよう

それからなんどかデートをして、あたりの景色《けしき》が新緑《しんりょく》につつまれたころ、おれは告白《こくはく》し、中原《なかはら》さん――麻衣《まい》と恋人《こいびと》どうしになった。

ひとりぐらしのおれは、ときどき、彼女《かのじょ》が働《はたら》くレストランへ夕食《ゆうしょく》を食《た》べに行《い》った。するとと麻衣《まい》が、ようすをうかがいながら、コックコートのままキッチンから出《で》てきて、おれのテーブルにそっと一品《いっぴん》、皿《さら》を置《お》いてゆく。注文《ちゅうもん》していないのに。

「しーっ。尚志《ひさし》、食《た》べて」とささやくときのうれしそうな顔《かお》で、おれの胸《むね》はいっぱいになるのだった。

夏《なつ》になって、おれは麻衣《まい》のご両親《りょうしん》に会《あ》った。自宅《じたく》へ招《まね》かれ、あいさつをする。お父《とう》さんの浩二《こうじ》さんも、お母《かあ》さんの初美《はつみ》さんも、とてもいい人《ひと》だった。浩二《こうじ》さんは市《し》役所《やくしょ》にお勤《つと》めで、初美《はつみ》さんは主婦《しゅふ》だ。

あいさつと自己紹介《じこしょうかい》の話《はなし》がすんだあと、麻衣《まい》がアルバムを出《だ》してきた。小学校低《しょうがっこうてい》学年《がくねん》のころの遠足《えんそく》の集合写真《しゅうごうしゃしん》を見《み》せる。

「どれが、わたし？」

「この子《こ》」

「えっ、なんでわかったの？」

「全然《ぜんぜん》変《か》わってないね」

そこへ、初美《はつみ》さんがスイカを切《き》ってきてくれた。

「すみません」と、おれが言《い》うあいだに、

「あーっ、スイカ」

と、麻衣《まい》がスイカに手《て》を出《だ》して、しかられる。

「こら、お客《きゃく》さんから」

初美《はつみ》さんがアルバムをのぞきこみ、麻衣《まい》がめくったページを見《み》て、つぶやいた。

「六年生《ろくねんせい》の運動会《うんどうかい》のとき、この子《こ》熱《ねつ》があって、三十九度《さんじゅうくど》だっけ」

うん、と麻衣《まい》がうなずく。

「でもそれ言《い》わなくて、言《い》うと出《で》られなくなるから。で、そのまま運動会《うんどうかい》に出《で》て、一等賞《いっとうしょう》をとって、その夜《よる》から寝《ね》こむ……そういう子《こ》よ」

「なんか男前《おとこまえ》ですねえ」

おれが感心《かんしん》すると、「まあね」と麻衣《まい》がVサイン《ブイ》をつきだした。天真爛漫《てんしんらんまん》……それが、麻衣《まい》にぴったりな言葉《ことば》だった。

そばにいた浩二《こうじ》さんが、おれにたずねる。

「尚志《ひさし》くんは？　どういう子《こ》だったの？」

「ぼくは……そうですね、遠足《えんそく》のすこし前《まえ》の日《ひ》から、『その日《ひ》風邪《かぜ》ひいたらどうしよう』と考《かんが》えすぎちゃって、じっさい風邪《かぜ》をひいちゃう、みたいな子《こ》でした」

「はははは、似《に》てる」

浩二《こうじ》さんが自分《じぶん》を指《ゆび》さし、みんなで笑《わら》った。おれは、中原家《なかはらけ》に受《う》けいれられたのだ。

クリスマスは、ふたりきりで、おれのアパートの部屋《へや》ですごした。麻衣《まい》が手料理《てりょうり》をふるまってくれる。ふたりでスーパーで買《か》い物《もの》をして、初雪《はつゆき》がちらつくなか、部《へ》屋《や》でプレゼントを交換《こうかん》して……キスもした。

でも、こたつに座《すわ》ったままだきあったら、布団《ふとん》を巻《ま》きこんでひっぱってしまい、上《うえ》にのっていた料理《りょうり》がひっくり返《かえ》って、悲惨《ひさん》なことになった。

それでもおれたちは幸《しあわ》せで、大笑《おおわら》いした。

正月休《しょうがつやす》みが明《あ》けて、仕事《しごと》はじめの日《ひ》。室田《むろた》さんがあのときの合《ごう》コンで、となりにいた美人《びじん》——麻衣《まい》の友《とも》だちの三島《みしま》さんとつきあうようになっていた。なので、麻衣《まい》と三島《みしま》さんが職場見学《しょくばけんがく》に来《き》た。

太陽《たいよう》モータースというのが、おれの勤《つと》める自動車修理工場《じどうしゃしゅうりこうじょう》だ。社員《しゃいん》は十人《じゅうにん》ほど。おれたちの社長《しゃちょう》の柴田《しばた》さんは、ちょっと顔《かお》がこわいけれど、たよれる兄貴《あにき》みたいな存在《そんざい》で、とても世話《せわ》になっている。だから、おれたちふたりとも、柴田《しばた》さんに彼《かの》女《じょ》を紹介《しょうかい》したかったのだ。

そして、おれたちの誇《ほこ》り高《たか》い仕事《しごと》を、彼女《かのじょ》たちに紹介《しょうかい》しないと。ガソリンと油《あぶら》のにおいにまみれているけれど、このにおいを好《す》きになってもらいたい。

車《くるま》のボディに色《いろ》をふきつけ、塗料《とりょう》をかわかしていた場所《ばしょ》で、麻衣《まい》がつまずいた。はずみで、塗料《とりょう》ぬりたてのボディにさわったので、手《て》にべったりと、白《しろ》い塗料《とりょう》がついてしまう。

おれはあせって、麻衣《まい》をかかえおこした。

「だいじょうぶ？　ごめん」

「なんで尚志《ひさし》が謝《あやま》るの？　悪《わる》いのは、うっかりしてたわたしでしょ？　ああ、手形《てがた》ついちゃった。ごめんなさい」

「これ、落《お》ちるから。服《ふく》は無事《ぶじ》？」

おれは塗料《とりょう》を落《お》とす溶剤《ようざい》を布《ぬの》にしみこませ、麻衣《まい》の手《て》をとってふいた。ふと気《き》がつく。

（指《ゆび》……細《ほそ》いな……）

つきあいはじめたとき、アクセサリーショップで麻衣《まい》が指輪《ゆびわ》を熱心《ねっしん》に見《み》ていたので、買《か》ってあげようとした。けれど、おれが無造作《むぞうさ》にとったそれは、サイズが大《おお》きすぎた。けっきょく麻衣《まい》が店員《てんいん》にたのんで、同《おな》じデザインで別《べつ》のサイズを出《だ》してもらったのだ。

左手《ひだりて》……薬指《くすりゆび》……。

（こんどは、失敗《しっぱい》できない。高《たか》い買《か》い物《もの》になるから……）

おれは麻衣《まい》の左手《ひだりて》の薬指《くすりゆび》をさりげなくつまんだ。いつも使《つか》っていてサイズを指《ゆび》がおぼえている、車《くるま》の部品《ぶひん》とくらべる。

（よし、わかったぞ）

それから数日後《すうじつご》。おれは麻衣《まい》を、夜景《やけい》を見《み》にさそった。展望台《てんぼうだい》のある山《やま》へと、ドライブする。カップルだらけで有名《ゆうめい》な場所《ばしょ》だけれど、真冬《まふゆ》の平日《へいじつ》の夜《よる》には、さすがにだれもいなかった。ほっとする。

おれは、麻衣《まい》がクリスマスにプレゼントしてくれた、茶色《ちゃいろ》のマフラーを巻《ま》いていった。麻衣《まい》がうれしそうに「うん、にあう」とほほえむ。

展望台《てんぼうだい》の縁《ふち》に、ならんで座《すわ》る。

岡山市街《おかやましがい》の夜景《やけい》が、まるで宝石箱《ほうせきばこ》を開《あ》けたみたいに光《ひか》りかがやいている。

「わあ……」と、麻衣《まい》は夜景《やけい》の美《うつく》しさに目《め》をうばわれたままだけれど、おれは緊張《きんちょう》していた。

「……麻衣《まい》、あの……」

「ん？」

「指輪《ゆびわ》……見《み》せてくれない？」

「これ？　前《まえ》に尚志《ひさし》からもらったやつ？」

「うん……ちょっと外《はず》して見《み》せて」

麻衣《まい》は左手《ひだりて》の中指《なかゆび》からファッションリングを外《はず》して、おれにわたした。すぐ、夜《や》景《けい》に視線《しせん》をもどす。そのすきに、おれは、コートのポケットからリングケースを出《だ》し、指輪《ゆびわ》をすり替《か》えた。

「ありがと……」

麻衣《まい》の左手《ひだりて》をとって、薬指《くすりゆび》に小《ちい》さなダイヤのついた指輪《ゆびわ》をはめる。手《て》がふるえた。

（よし、ぴったりだ）

そっと手《て》を放《はな》しても、麻《ま》衣《い》はそのまま夜《や》景《けい》を見《み》ている。

「きれい……」

そのまま、時間《じかん》が流《なが》れてゆく。

（え？　なんで？　指輪《ゆびわ》が変《か》わったのに……指《ゆび》だってちがうのに、気《き》がつかない？）

おれがとまどっていると、麻《ま》衣《い》がふりむいた。

「どうかしたの？」

「い、いや」

おれがとぼけると、麻《ま》衣《い》が首《くび》をかしげた。また、麻《ま》衣《い》は夜《や》景《けい》に目《め》を移《うつ》し……寒《さむ》さに手《て》をこすろうとして、ふしぎそうに自分《じぶん》の手《て》を見《み》た。

「……え？」

（やっと気《き》づいてくれた！）

「これ……」

目《め》を見《み》ひらき、麻《ま》衣《い》は左手《ひだりて》の薬指《くすりゆび》と、おれの顔《かお》を交互《こうご》に見《み》る。おれは告《つ》げた。

「結婚《けっこん》しよう、麻衣《まい》」

麻衣《まい》が言葉《ことば》をのみこむまで、少《すこ》しあって……うれしそうに目《め》を丸《まる》くした。真《ま》っ赤《か》になり、ぱたぱた足《あし》ぶみして、ばんばんおれの肩《かた》をたたくと、笑《わら》いだした。

「うそ……うれしい……うれしいっ」

おれもうれしかった。心臓《しんぞう》が今《いま》になって、どきどきしはじめた。……いや、さっきからどきどきしてたんだろうけど、気《き》がつかないくらい、緊張《きんちょう》していた。

おれの体《からだ》も熱《あつ》くなってくる。ここは、だきしめるべき……だきしめないと。

でも、あまりの麻衣《まい》のよろこびように照《て》れくさくなって、ぼそぼそとつぶやいて、自分《じぶん》のハイテンションをごまかす。

「……気《き》づかないってのは、想定外《そうていがい》でした」

「うん！　尚志《ひさし》と結婚《けっこん》します」


そう言《い》ったとたん、麻衣《まい》はおれの手《て》をとって立《た》ちあがった。

麻衣《まい》はおれを車《くるま》へとひっぱっていった。車《くるま》を出《だ》してほしい、行《い》き先《さき》はデパートだ、と言《い》う。

いや、正確《せいかく》には、そのむかいにある結婚式場《けっこんしきじょう》だった。ゴージャスな披露宴会場《ひろうえんかいじょう》の入《い》り口《ぐち》とは別《べつ》に、デパートの脇出入《わきでい》り口《ぐち》のまむかいに、神殿《しんでん》のようなデザインをした白《しろ》いチャペルからおりてくる、大理石《だいりせき》の階段《かいだん》があったのだ。

おれはそういうことには興味《きょうみ》がなくて、気《き》にしていなかったけれど、こんなおしゃれな場所《ばしょ》があったのか。

麻衣《まい》は、祝福《しゅくふく》しようと足《あし》を止《と》める通行人《つうこうにん》をかき分《わ》け、おれをひっぱって、最前列《さいぜんれつ》に出《で》た。

「ここ……この前《まえ》を通《とお》るたびに思《おも》ってたの。すてきだなって」

「へえ……」

まさに今《いま》、ナイトウェディングが行《おこな》われていた。鐘《かね》の音《ね》とともにチャペルのとびらが開《ひら》き、階段《かいだん》の赤《あか》いカーペットをふんで、手《て》をとりあった新郎新婦《しんろうしんぷ》がおりてくる。ライスシャワーが、花嫁《はなよめ》の真《ま》っ白《しろ》なドレスにふりそそぐ。

ライトアップされ、光《ひかり》につつまれた花嫁《はなよめ》は、とても幸《しあわ》せそうだった。

「おめでとう」の声《こえ》があちこち……参列者《さんれつしゃ》だけでなく、たまたま通《とお》りかかった人《ひと》たちからも、わきあがる。拍手《はくしゅ》がひびいた。

ふと横《よこ》を見《み》ると、麻衣《まい》がなみだぐんでいた。感動《かんどう》したらしい。婚約指輪《こんやくゆびわ》をはめた左手《ひだりて》で、おれの右手《みぎて》をぎゅっとにぎる。

(あこがれ……そうだよな、女《おんな》の子《こ》の……子《こ》どものころからの、あこがれだよな)

花嫁《はなよめ》が、片《かた》すみで見守《みまも》っていた黒《くろ》いスーツの若《わか》い女性《じょせい》に気《き》づき、頭《あたま》をさげた。心《こころ》からの祝福《しゅくふく》の笑《え》みをうかべて拍手《はくしゅ》をしながら、女性《じょせい》もあいさつをする。式場《しきじょう》のスタッフの人《ひと》らしい。

(決《き》めた！)

まだ花嫁《はなよめ》を見《み》つめている麻衣《まい》の手《て》を、こんどはおれがひっぱり、おれたちは黒《くろ》いスーツの女性《じょせい》にかけよった。

「あの、すみません」

「……はい？」

「予約《よやく》したいんですけど」

さすがに、女性《じょせい》もおどろきをかくさない。胸《むね》の名札《なふだ》には、「島尾《しまお》」とあった。

「はい？　今《いま》……でしょうか？」

「お願《ねが》いします！」

島尾《しまお》さんだけでなく、麻衣《まい》も、ぽかん、としていた。けれど、おれがほほえんだら、麻衣《まい》もおれとまなざしを交《か》わして、ほほえみながら、うなずいた。なみだがひとつぶ、麻衣《まい》のひとみからこぼれる。

そのなみだで、島尾《しまお》さんはすべてを理解《りかい》したようだ。

「かしこまりました。こちらへどうぞ」

まだ、麻衣《まい》の両親《りょうしん》にも、自分《じぶん》の両親《りょうしん》にも言《い》っていないのに、おれは勢《いきお》いで、結婚《けっこん》式《しき》と披露宴《ひろうえん》を予約《よやく》してしまった。しかも、たった二《に》か月後《げつご》。

「三月十七日《さんがつじゅうしちにち》で」と。

島尾《しまお》さんが、その日《ひ》の予約状況《よやくじょうきょう》を調《しら》べに行《い》っているあいだ、おれと麻衣《まい》は、イルミネーションがきらめく式場内《しきじょうない》のガーデンで、顔《かお》を見《み》あわせ、笑《わら》いながら待《ま》ってい た。

信《しん》じられないくらいの勢《いきお》いに、自分《じぶん》たちでも笑《わら》うしかなかったのだ。

「ああ、全部《ぜんぶ》が急《きゅう》すぎて、なんか信《しん》じられない。……こわい、幸《しあわ》せすぎて……」

麻衣《まい》はそうつぶやくと、ふいに顔《かお》をしかめた。

「どうした？」

「きょうは、いろいろなことがありすぎて……頭痛《あたまいた》くなってきた」

「えっ、だいじょうぶ？」

おれがあせると、麻衣《まい》は笑顔《えがお》でうなずいた。そこへ、島尾《しまお》さんがもどってきた。

「三月十七日《さんがつじゅうしちにち》、OK《オーケー》です。……でも、仏滅《ぶつめつ》なんです。だいじょうぶですか？」

仏滅《ぶつめつ》……空《あ》いているわけだ。この日《ひ》にはじめたことは、すべてうまくいかない、縁起《えんぎ》の悪《わる》い日《ひ》で、結婚式《けっこんしき》が多《おお》い大安《たいあん》とは正反対《せいはんたい》の日《ひ》。だから、ほとんどのカップルは避《さ》ける日《ひ》だ。

でも、仏滅《ぶつめつ》だろうが、気《き》にしない。

「はい！　一年前《いちねんまえ》、ぼくたちが出会《であ》った日《ひ》なんで。その日《ひ》でお願《ねが》いします」

麻衣《まい》をうかがう。麻衣《まい》もためらわなかった。

「はい！」


それからが大変《たいへん》だった。当然《とうぜん》だけれど、両方《りょうほう》の親《おや》には、たっぷりしかられた。それでも、「善《ぜん》は急《いそ》げ」という初美《はつみ》さんの言葉《ことば》で、おれたちの結婚《けっこん》はみとめられたのだ。

招待《しょうたい》する親戚《しんせき》や友人《ゆうじん》や職場《しょくば》の人《ひと》たちに連絡《れんらく》を終《お》えた、一月下旬《いちがつげじゅん》……。ようやく、ひと息《いき》ついたある日《ひ》だった。

おれのアパートの部屋《へや》で、昼食《ちゅうしょく》に麻衣《まい》の作《つく》ったパスタを食《た》べてから、おれたちは披露宴《ひろうえん》で映《うつ》すスライドショーの写真《しゃしん》をえらんでいた。

「この滝《たき》、すごかったなあ」

ひと月《つき》くらい前《まえ》にふたりで行《い》った、滝《たき》の写真《しゃしん》をとりあげる。麻衣《まい》が滝《たき》をバックに、元気《げんき》にピースサインをしている。そのときに食《た》べたうどんの写真《しゃしん》も。

「ああ、あと、ホルモンうどん。これ、うまかったなあ」

うどんをおいしそうに食《た》べている麻《ま》衣《い》。ほおばったところを撮《と》られ、照《て》れている。

「……なんのこと?」

と、麻《ま》衣《い》がパスタの皿《さら》をキッチンへかたづけて、もどってくる。そういえば、麻《ま》衣《い》はパスタをあまり食《た》べていなかった。

ときどき、頭《あたま》をおさえて……痛《いた》そうにして……でも、疲《つか》れているだけだ、とおれは思《おも》っていた。

麻《ま》衣《い》は無表情《むひょうじょう》だった。背後《はいご》から写真《しゃしん》をのぞきこみ、けわしい顔《かお》つきに変《か》わる。

「何《なに》それ! そんなもん食《た》べてないし、滝《たき》なんて、わたし、行《い》ってない!」

「……どういうこと?」

おれがきき返《かえ》すと、麻《ま》衣《い》はとつぜん大声《おおごえ》をあげた。

「だからっ、行《い》ってないって! そんなところに!」

「どうした、麻《ま》衣《い》?」

ふるえだした麻《ま》衣《い》の肩《かた》を、おれは立《た》ちあがってだきよせた。麻《ま》衣《い》はかまわず、わめきちらす。

「そんなとこ、行《い》ってない！　行《い》ってないったら、行《い》ってない！　だって、おぼえてないもん！」

はげしく首《くび》をふり、頭《あたま》をおさえると、麻衣《まい》は力《ちから》がぬけたようにしゃがみこんでしまった。おれはようやく、ただごとではないと、気《き》づいた。

「麻衣《まい》、だいじょうぶ？　頭痛《あたまいた》い？」

「行《い》ってない！」

「う……ん……」

麻衣《まい》は、何《なに》を言《い》っているのだろう。おれも混乱《こんらん》してくる。とにかく、麻衣《まい》を落《お》ちつかせなければ……。どう見《み》ても、おびえきっている表情《ひょうじょう》だった。おれにすがりつく。

「ね、行《い》ってないよね？　わたし、おかしくなってないよね？」

がたがたふるえ、見《み》えない恐怖《きょうふ》と戦《たたか》っているような麻衣《まい》を、おれはともかく実家《じっか》に送《おく》っていこうと決《き》めた。おれにも、何《なに》が麻衣《まい》におきているのか、まるでわからなかった。

車《くるま》のキーをつかむと、麻衣《まい》の肩《かた》を支《ささ》えて外《そと》に出《で》る。

駐車場《ちゅうしゃじょう》で、車《くるま》のドアを開《あ》け、後部座席《こうぶざせき》に麻衣《まい》を乗《の》せようとしたら……麻衣《まい》がものすごい悲鳴《ひめい》をあげ、ひきつった顔《かお》でにげだした。

「いやだあぁぁぁぁっ!!」

◆◆◆◆◆◆◆◆

麻衣《まい》はいつの間《ま》にか、知《し》らない場所《ばしょ》に立《た》っていた。砂漠《さばく》……ひびわれた大地《だいち》……生物《せいぶつ》の気配《けはい》がしない。ひとりぼっち、照《て》りつける太陽《たいよう》……とつぜん、ぞわっと、腕《うで》に何《なに》かがふれた。

ちくちく、ぞわぞわ、もぞもぞ……いやな感覚《かんかく》。

見《み》れば、黒《くろ》い虫《むし》が数匹《すうひき》、手《て》の先《さき》から両腕《りょううで》をはいあがってくる。

どうしてなのか、白《しろ》くて丈《たけ》の短《みじか》い、下着《したぎ》のようなノースリーブのワンピース一枚《いちまい》しか着《き》ていない。すごくたよりない、薄《うす》っぺらな服《ふく》。

麻衣《まい》は悲鳴《ひめい》をあげて、虫《むし》をはらい落《お》とした。けれど、はだしの足《あし》もとから、黒《くろ》い虫《むし》が無数《むすう》にわきだして、むきだしのすねを、いっせいにはいのぼってくる。

ちくちく、ぞわぞわ、もぞもぞ、ごそごそ……。

麻衣《まい》はさけびつづけながら、必死《ひっし》になって虫《むし》をはらった。けれど、あっという間《ま》に虫《むし》はワンピースの胸《むな》もとにせまる。

はらっている手《て》が、真《ま》っ黒《くろ》に変《か》わり、砂《すな》のようにくずれて、指先《ゆびさき》から消《き》えてなくなる！

「きゃあぁぁぁあっ、いやあぁぁぁぁぁぁあっ」

◆◆◆◆◆◆◆◆

「いやだっ、いや、いやあっ、やだっやだやだやだっ、こわい、いやあぁぁぁあっ」

麻衣《まい》は駐車場《ちゅうしゃじょう》から小道《こみち》を走《はし》ってわたり、となりの空《あ》き地《ち》の枯《か》れ草《くさ》の上《うえ》で、悲鳴《ひめい》をあげながら、手《て》で何《なに》かをはらうしぐさをしている。そして、自分《じぶん》の両手《りょうて》を見《み》つめ、恐怖《きょうふ》にさいなまれた表情《ひょうじょう》で立《た》ちつくした。

「いやっ、なんなのこれ、助《たす》けて、助《たす》けて！」

おれは、パニックになっている麻《ま》衣《い》をだきしめるしか、できなかった。

「麻《ま》衣《い》……病院《びょういん》、行《い》こう？」

落《お》ちつかせる薬《くすり》が、あるはずだ。

「助《たす》けてっ、助《たす》けてぇぇぇぇぇっ」

だきしめたとたんに、信《しん》じられないほどの力《ちから》であばれはじめた麻《ま》衣《い》を、ひきずるようにして、車《くるま》の後部座席《こうぶざせき》に乗《の》せた。

しかし、にげようとするのでシートベルトがロックできない。とっさに、おれのジャンパーをそでを通《とお》さずに着《き》せて、前《まえ》のファスナーをしめる。手《て》を動《うご》かせなくしてから、シートベルトをロックし、ドアをしめた。

それから、ふるえる手《て》で、初美《はつみ》さんのケータイに電話《でんわ》する。

「麻《ま》衣《い》が……麻《ま》衣《い》が、ようすがおかしくて、中央病院《ちゅうおうびょういん》へ連《つ》れていきます」

それだけ伝《つた》えて、車《くるま》を出《だ》す。麻衣《まい》はずっと、悲鳴《ひめい》をあげつづけていた。それがだんだん、口《くち》ぎたなく、ののしる言葉《ことば》に変《か》わってゆく。

「いやあっ、離《はな》せっ、バカっ、離《はな》せえぇぇっ」

岡山中央総合病院《おかやまちゅうおうそうごうびょういん》は、市内《しない》でも大《おお》きな総合病院《そうごうびょういん》で、おれのアパートからは遠《とお》かったけれど、麻衣《まい》の実家《じっか》からは近《ちか》かった。とっさにそこへむかったのは、大《おお》きな病院《びょういん》なら、いい医師《いし》がいると思《おも》ったからだった。

麻衣《まい》をだきかかえたおれは、病院《びょういん》のエントランスへもつれあうようにして転《ころ》がりこんだ。

「離《はな》してっ、離《はな》せっ、離《はな》せえぇぇっ」

おさえられると、麻衣《まい》はふりほどこうと、あばれる。でもつかまえていないと、どこへ飛《と》びだしていくかわからない。

エントランスには、浩二《こうじ》さんと初美《はつみ》さんが来《き》ていた。

「麻衣《まい》、だいじょうぶだから。病院《びょういん》だよ」

「いやっ、離《はな》せっ、バカやろーっ」

顔《かお》が青《あお》ざめ、まゆがつりあがり、血走《ちばし》った目《め》になって、まるで別人《べつじん》のようになってしまった麻衣《まい》に、浩二《こうじ》さんと初美《はつみ》さんがたじろいだ。

「バカやろーっ、さわるなあぁっ、ぎゃあぁぁぁっ」

「麻衣《まい》！」

初美《はつみ》さんが麻衣《まい》の手《て》をとってなだめようとしたが、ふりほどかれ、おれもつきとばされそうになる。近《ちか》づく浩二《こうじ》さんを、麻衣《まい》はけとばそうとした。

「さわるなっ、やだ、やだやだっ」

エントランスにいた人《ひと》たちがざわつくなか、医師《いし》と看護師数人《かんごしすうにん》が、ストレッチャーを運《はこ》んできた。中原《なかはら》さんですね、と浩二《こうじ》さんに確認《かくにん》してから、女性看護師《じょせいかんごし》が声《こえ》をかける。

「中原《なかはら》さん、だいじょうぶですよ」

「やだやだやだっ、死《し》にたくないっ」

女性看護師《じょせいかんごし》が三人《さんにん》がかりで、おれから麻衣《まい》を受《う》けとった。男性看護師《だんせいかんごし》と医師《いし》も加《くわ》わり、麻衣《まい》をストレッチャーに乗《の》せようとする。力《ちから》のぬけてしまったおれとは逆《ぎゃく》に、麻衣《まい》は猛獣《もうじゅう》のようになって、さらにあばれた。

「死《し》にたくないいいっ」

「どうしたの、麻衣《まい》」

思《おも》わず初美《はつみ》さんが声《こえ》をかけると、麻衣《まい》は急《きゅう》に視線《しせん》を宙《ちゅう》にさまよわせて、わめきだした。

「死《し》ぬのはわかってる！　死《し》ぬのはわかってる！　死《し》ぬのはわかってる！　殺《ころ》せ！　殺《ころ》せ殺《ころ》せ！　殺《ころ》せえええっ」

もう麻衣《まい》の目《め》は、現実《げんじつ》のだれも映《うつ》していないようだ。さらにかけつけた男性看護師《だんせいかんごし》たちによって、麻衣《まい》はストレッチャーに乗《の》せられたが、またあばれ、ベルトで固《こ》定《てい》するのも大変《たいへん》だった。

「頭《あたま》にけがはないですね？」

「行《い》きましょう」

「動《うご》かしますよ」

ベルトで固定《こてい》され、「バカやろーっ、殺《ころ》せえぇっ」と絶叫《ぜっきょう》しながら、麻衣《まい》は処置《しょち》室《しつ》へ運《はこ》ばれていった。

3　目《め》が覚《さ》めないきみ

おれはただ、エントランスのかたすみで、ぼうぜんとすわりこんでいるしかできなかった。初美《はつみ》さんがいちばんしっかりしていて、看護師《かんごし》によばれると、浩二《こうじ》さんを連《つ》れ、処置室《しょちしつ》へ入《はい》る。

やがて……どのくらい時間《じかん》がたったのか……ふたりが出《で》てきた。おれは、はっとして、小走《こばし》りに近《ちか》よった。

「麻衣《まい》さんは？」

さっきとはうってかわり、初美《はつみ》さんは無言《むごん》でうなだれるばかりだ。浩二《こうじ》さんが説《せつ》明《めい》してくれた。

「何《なに》があったのかは、よくわからないそうだ。今《いま》は薬《くすり》で眠《ねむ》ってる」

「そうですか……」

しばらく三人《さんにん》で沈黙《ちんもく》してから、初美《はつみ》さんが笑顔《えがお》を作《つく》って、顔《かお》をあげた。

「おどろいたよね、本当《ほんとう》に。……でもね。さっきのは、本当《ほんとう》の麻衣《まい》じゃないと思《おも》うの」

「はい」

おれは強《つよ》くうなずいた。麻衣《まい》は、バカやろうなんて、言《い》うような人《ひと》じゃない。

「うん……うん、そうだよね、うん」

初美《はつみ》さんが、自分《じぶん》を納得《なっとく》させるようになんどもうなずく。また……沈黙《ちんもく》がつづいた。

いったい何《なに》が麻衣《まい》におきたのか、本当《ほんとう》にどうしたらいいのか、わからなかった。麻衣《まい》が目《め》を覚《さ》まして、元《もと》どおりだったとき、本当《ほんとう》に前《まえ》と変《か》わらずに、不安《ふあん》を感《かん》じないで接《せっ》することができるのか……自信《じしん》がゆらいでいた。

けれど、事態《じたい》はさらに大《おお》きく変《か》わった。

翌日《よくじつ》の午後《ごご》、おれは職場《しょくば》――太陽《たいよう》モータースで、仕事《しごと》をしていた。けれど作業《さぎょう》に集中《しゅうちゅう》できず、なんども部品《ぶひん》や工具《こうぐ》を手《て》から落《お》としてしまう。

またスパナを落《お》としてしまい、おれはため息《いき》をついて拾《ひろ》おうとした……そのとき、作業着《さぎょうぎ》のポケットで、ケータイがふるえた。

画面《がめん》を見《み》ると、初美《はつみ》さんからだ。麻衣《まい》が目覚《めざ》めたのか、とあわてて電話《でんわ》に出《で》る。

「はい、ひさ、尚志《ひさし》です」

初美《はつみ》さんのケータイで電話《でんわ》してきたのは、浩二《こうじ》さんだった。

『麻衣《まい》が……麻衣《まい》の心臓《しんぞう》が止《と》まった……』

おれの目《め》の前《まえ》が真《ま》っ暗《くら》になった。気《き》が遠《とお》くなりかける。

『心臓《しんぞう》マッサージをしてる最中《さいちゅう》だ――』

「い、今《いま》、行《い》きます!」

おれは仕事場《しごとば》を飛《と》びだした。

あとから考《かんが》えたら、よく、事故《じこ》をおこさずに病院《びょういん》に着《つ》いたと思《おも》う。車《くるま》を運転《うんてん》しているとちゅうのことを、何《なに》もおぼえていない。よごれた作業着《さぎょうぎ》のまま、おれは病院《びょういん》の受付《うけつけ》にかけこんだ。

「あ、あ、あのっ、中原麻衣《なかはらまい》さんはっ」

「ご家族《かぞく》のかたですか？」

「婚約者《こんやくしゃ》ですっ」

おれは即座《そくざ》に、個室《こしつ》の病室《びょうしつ》へ案内《あんない》された。

ベッドの上《うえ》に横《よこ》たわる麻衣《まい》は、たくさんのチューブやコードにつながれて眠《ねむ》っていた。初美《はつみ》さんが泣《な》きはらした顔《かお》で立《た》ちつくし、部屋《へや》のすみから見守《みまも》っている。それを、浩二《こうじ》さんが支《ささ》えていた。

「麻衣《まい》さんは……」

「だいじょうぶ、心臓《しんぞう》は動《うご》きだしてくれた」

ふりむいた浩二《こうじ》さんがこたえた。

麻衣《まい》のすぐわきにある機器《きき》の、心臓《しんぞう》の鼓動《こどう》のモニターらしい画面《がめん》に、折《お》れ線《せん》グラフのような波《なみ》がえがかれ、流《なが》れるように動《うご》いていた。

（ドラマで見《み》たことがある……心臓《しんぞう》、動《うご》いているんだ……）

おれは、ほっとして、ひざからくずおれそうになった。大《おお》きく息《いき》をつく。

すると、初美《はつみ》さんが、ぽつり、とつぶやいた。

「でも……もう、ずっと、このままかもしれないんだって、麻衣《まい》」

おれは絶句《ぜっく》した。目覚《めざ》めないってことか？　生《い》きていても……。

「ずっと眠《ねむ》ったままかもしれない」

浩二《こうじ》さんも言《い》う。目《め》の前《まえ》がぐらぐらとゆれ、ゆがんでいくような気分《きぶん》におそわれながら、おれは麻衣《まい》を見《み》た。

とたんに、ピー、ピーと警報《けいほう》みたいな音《おと》が、麻衣《まい》につながれているたくさんの機《き》器《き》のどこかから鳴《な》りひびき、麻衣《まい》が顔《かお》をゆがめた。

とつぜん、麻衣《まい》がベッドの上《うえ》で体《からだ》をのけぞらせ、あばれはじめる。

「麻衣《まい》!?　麻衣《まい》っ、どうしたの!?」

初美《はつみ》さんが麻衣《まい》の足《あし》もとにしがみつく。おれはとっさに、看護師《かんごし》をよびに走《はし》った。

――ときどき、あんなにあばれても、麻衣《まい》の目《め》は覚《さ》めていないこと。

脳《のう》の中《なか》で何《なに》かがおきているはずだが、あばれる原因《げんいん》がわからないこと。

まず、病名《びょうめい》を特定《とくてい》するため、あらゆる検査《けんさ》をしてみること。

体《からだ》の一部《いちぶ》……麻衣《まい》の場合《ばあい》は腕《うで》が勝手《かって》に動《うご》いて、止《と》まらないが、それでも目《め》は覚《さ》めていないこと。

……それが、おれが医師《いし》から聞《き》いた、今《いま》の麻衣《まい》のすべてだった。病名《びょうめい》がわからなければ、治療《ちりょう》の方法《ほうほう》もわかるはずもない、と理解《りかい》するのがおれにはやっとだった。


麻衣《まい》に会《あ》うため、おれは毎朝《まいあさ》、病院《びょういん》へ通《かよ》った。車《くるま》だと朝《あさ》の渋滞《じゅうたい》に巻《ま》きこまれるので、スクーターにする。寒《さむ》いけれど、渋滞《じゅうたい》して進《すす》まない車《くるま》よりは速《はや》いからだ。幸《さいわ》い岡山《おかやま》は「晴《は》れの国《くに》」とよばれているくらい、雪《ゆき》や雨《あめ》の日《ひ》がすくない。

麻衣《まい》がくれた茶色《ちゃいろ》のマフラーを首《くび》に巻《ま》くと、寒《さむ》さで足《あし》がすくみそうな日《ひ》でも、「よし、行《い》こう」という気《き》になれた。

やがて、春《はる》が近《ちか》づいてきた。すこしずつ暖《あたた》かくなり、日《ひ》ざしが強《つよ》くなり、並木《なみき》の枝《えだ》が芽《め》ぶいてくる。でも、スクーターで走《はし》る首《くび》もとには、まだまだマフラーが必要《ひつよう》だった。

二月《にがつ》が終《お》わり、三月《さんがつ》になろうとしていた。

あれから、麻衣《まい》はずっと眠《ねむ》りつづけている。

麻衣《まい》の病室《びょうしつ》に入《はい》ると、枕《まくら》もとの台《だい》に折《お》り紙《がみ》のひな人形《にんぎょう》がかざられていた。折《お》り紙《がみ》で作《つく》られた、カラフルな桃《もも》の花《はな》のリースもある。殺風景《さっぷうけい》な部屋《へや》で、たくさんの機器《きき》にチューブやコードでつながれた麻衣《まい》がさびしくないように、と初美《はつみ》さんが作《つく》ったものだ。

かべにはたくさんの千羽鶴《せんばづる》がかけられている。麻衣《まい》の友《とも》だちがみんなで折《お》ってくれたものだった。

麻衣《まい》ののどには穴《あな》が開《あ》けられ、人工呼吸器《じんこうこきゅうき》につながれたチューブがとりつけられていた。栄養《えいよう》を体内《たいない》に送《おく》るチューブもつけられている。

胸《むな》もとへ引《ひ》きつけられた、ひじから下《した》の両腕《りょううで》が、しょっちゅう、ぱたっ、ぱたっ、と左右《さゆう》に動《うご》きつづけている。それが、麻衣《まい》が生《い》きている証拠《しょうこ》だった。

そして両手《りょうて》には、タオルハンカチを筒《つつ》にしてぬった「お手玉《てだま》」をにぎらされていた。手《て》に力《ちから》が入《はい》ってにぎりしめてしまうので、手《て》のひらに爪《つめ》が食《く》いこまないためだ。顔《かお》がむくんで、ぱんぱんに腫《は》れていたけれど、それでもおれには、麻衣《まい》はかわいいと感《かん》じられた。

(眠《ねむ》り姫《ひめ》……キスで目覚《めざ》めるなら、いつでもするのに)

でも、これは、甘《あま》い恋愛《れんあい》ドラマでも映画《えいが》でもなくて、現実《げんじつ》だった。

おれは、マフラーを外《はず》した。ぎゅっとにぎる。プレゼントしてくれたクリスマスのキスを思《おも》いだす。

(このマフラーは、麻衣《まい》が元気《げんき》だった証《あかし》。あのころが幻《まぼろし》みたいに思《おも》えてくるけど……麻衣《まい》は、元気《げんき》だったし、かならず目覚《めざ》めて、また、元《もと》どおりになる)

病室《びょうしつ》は広《ひろ》い個室《こしつ》なので、ソファがあり、初美《はつみ》さんが座《すわ》ったまま眠《ねむ》っていた。疲《つか》れた顔《かお》をしていて、この一《いっ》か月《げつ》でずいぶんやせてしまったみたいだ。

おれは足音《あしおと》をしのばせ、麻衣《まい》に近《ちか》づこうとした。すると、びくっ、として、初美《はつみ》さんが飛《と》びおきた。

「あ……おはよう、尚志《ひさし》くん」

「おはようございます。……また、泊《と》まっちゃったんですか？」

初美《はつみ》さんはほとんどの晩《ばん》、ここに泊《と》まっている。朝《あさ》に一度帰宅《いちどきたく》して、浩二《こうじ》さんの食事《しょくじ》の用意《ようい》、掃除洗濯《そうじせんたく》をすませ、お風呂《ふろ》に入《はい》ってから、お弁当《べんとう》を持《も》って、午後《ごご》にまた病室《びょうしつ》へやってくる。

目《め》の下《した》にくまのできた顔《かお》で、笑《え》みを作《つく》ると、初美《はつみ》さんは立《た》ちあがった。

「うん……。なんかね。夜中《よなか》に、麻衣《まい》がおきるような気《き》がしちゃって。母親《ははおや》のカン、全然当《ぜんぜんあ》たらないけど」

自分《じぶん》の顔《かお》を洗《あら》い、ハンドタオルを洗面台《せんめんだい》の水《みず》でしめらせると、初美《はつみ》さんは、麻衣《まい》のむきだしの腕《うで》をふきはじめた。しげきを与《あた》えると、効果《こうか》があるかもしれないらしいのだ。

そして、台《だい》に置《お》いた目覚《めざ》まし時計《どけい》をちらっと見《み》て、わざとらしくつぶやいた。

「あらぁ、もうこんな時間《じかん》か。一度《いちど》、家《いえ》に帰《かえ》ろうかな」

「……はい」

麻衣《まい》に語《かた》りかけたいおれに、気《き》をつかってくれるのだ。ハンドクリームのふたをとり、麻衣《まい》の腕《うで》にクリームをぬって、マッサージをしながら、初美《はつみ》さんがぽつり、ぽつり、と言《い》う。

「毎朝《まいあさ》、毎朝《まいあさ》、ありがとうね……尚志《ひさし》くん。でも、仕事《しごと》だいじょうぶ？　アパートからここまで、二時間《にじかん》だっけ？」

「バイクで走《はし》ってるの、全然《ぜんぜん》苦《く》にならないんで」

「そうかぁ……」

初美《はつみ》さんは荷物《にもつ》をまとめた。窓辺《まどべ》にかざった、セーターとマフラーを身《み》につけた三体《さんたい》の人形《にんぎょう》をとりあげ、ため息《いき》をつくと、トートバッグにしまう。

「もう、冬《ふゆ》も終《お》わりだね……」

初美《はつみ》さんは麻衣《まい》のかたわらでかがみ、耳《みみ》もとでささやいた。

「冬眠《とうみん》からおきないね、麻衣《まい》」

「ですね」

じゃ、あとはよろしくね、と初美《はつみ》さんは病室《びょうしつ》を出《で》ていった。

廊下《ろうか》に出《で》て、四《し》、五歩《ごほ》は元気《げんき》だった初美《はつみ》さんの足音《あしおと》が、もうおれには聞《き》こえないと思《おも》ったのか、とぼとぼとゆっくりしたものに変《か》わり、消《き》えていった。

(いつまで……つづくんだろう……こんな毎日《まいにち》が)

ふたりきりになると、おれはケータイをポケットからひっぱりだし、肩《かた》ごしに麻《ま》衣《い》の顔《かお》が写《うつ》るようにして、動画《どうが》で自撮《じど》りをする。

「えー、麻衣《まい》が眠《ねむ》って、三十四日目《さんじゅうよんにちめ》の朝《あさ》です。麻衣《まい》はまだおきません。みんな待《ま》ってるから、早《はや》くおきてね」

いつかこの画像《がぞう》を見《み》る未来《みらい》の麻衣《まい》に手《て》をふって、動画撮影《どうがさつえい》を止《と》めた。

数日前《すうじつまえ》……麻衣《まい》がたおれてひと月《つき》がすぎたときから、こうしておれは動画《どうが》を添付《てんぷ》したメールを、麻衣《まい》のケータイへ送《おく》っている。

麻衣《まい》の病名《びょうめい》がようやくわかって、すこしだけ、未来《みらい》を考《かんが》えられるようになったからだ。

果《は》てしなく遠《とお》い、どこまでつづくかわからない真《ま》っ暗《くら》なトンネルのむこうにある……たぶんあるはずの、未来《みらい》だったけれど。

おれは太陽《たいよう》モータースの柴田社長《しばたしゃちょう》の厚意《こうい》で、出勤時間《しゅっきんじかん》を一時間《いちじかん》おくらせ、代《か》わりに一時間《いちじかん》おそくまで働《はたら》かせてもらえることになった。それで朝《あさ》、麻衣《まい》に会《あ》うことができる。休日《きゅうじつ》は、初美《はつみ》さんに代《か》わって、浩二《こうじ》さんと、麻衣《まい》のつきそいをした。

その日《ひ》の昼飯《ひるめし》は、柴田社長《しばたしゃちょう》から、行《い》きつけの定食屋《ていしょくや》にさそわれた。いつもは近《ちか》くのコンビニで買《か》ってすませているのだけれど。

定食屋《ていしょくや》は、中小《ちゅうしょう》の工場《こうじょう》が集《あつ》まっている一角《いっかく》にあり、おれたちとおなじような作業《さぎょう》服《ふく》すがたの男性客《だんせいきゃく》が多《おお》い。たなに置《お》かれた日替《ひが》わりおかずの小鉢《こばち》や皿《さら》を、セルフサービスでトレイにとり、みそ汁《しる》もついて、ご飯《はん》はおかわり自由《じゆう》だ。トレイにおかずの小鉢《こばち》をのせながら、柴田社長《しばたしゃちょう》がおれにきいた。

「変《か》わらないのか？　彼女《かのじょ》」

「あ、はい」

おれもならんで、おかずをトレイにのせる。社長《しゃちょう》がくやしそうに言《い》った。

「……病気《びょうき》のことは、よくわかんねえけど。どうして、あんな……」

「卵巣《らんそう》に腫瘍《しゅよう》ができたのが原因《げんいん》で……」

おれは、医師《いし》に説明《せつめい》されたままを、こたえた。

麻衣《まい》のお腹《なか》の中《なか》にある、赤《あか》ちゃんの元《もと》になるものに、よけいな腫《は》れ物《もの》ができたらしい。それが、特別悪《とくべつわる》いものではなかったらしいのだけれど、その腫《は》れ物《もの》を攻撃《こうげき》するため、体内《たいない》に抗体《こうたい》というものが生《う》まれた。

「……麻衣《まい》の場合《ばあい》、その抗体《こうたい》が、まちがえて、健康《けんこう》な脳《のう》をおそっちゃったらしいんです」

攻撃《こうげき》された脳《のう》は、おそろしい幻覚《げんかく》を見《み》たらしい。攻撃《こうげき》で、記憶《きおく》の一部《いちぶ》も失《うしな》ったらしい。それが、たおれる直前《ちょくぜん》に麻衣《まい》があばれたり、おぼえていない、と言《い》っていた原因《げんいん》だった。そして脳《のう》が攻撃《こうげき》でダウンし、今《いま》も気《き》を失《うしな》ったまま、眠《ねむ》りつづけている。

体《からだ》が勝手《かって》に動《うご》くのは、脳《のう》がやられているからみたいなのだ。

抗体《こうたい》を消《け》す……それが、治療方針《ちりょうほうしん》だった。

(そういえば、何日《なんにち》か前《まえ》から、頭《あたま》が痛《いた》そうだった……あのとき、もっと早《はや》く病院《びょういん》へ連《つ》れていけば……眠《ねむ》りつづけてしまうことは、なかったのかも……)

「まちがえて?」

と、社長《しゃちょう》がおどろいたようにきき返《かえ》す。

「はい。三百万人《さんびゃくまんにん》にひとりっていう、めずらしい病気《びょうき》みたいで……」

しかも、心臓《しんぞう》がいったん止《と》まるほどの重症《じゅうしょう》になった人《ひと》は、それほどいないらしい。

病名《びょうめい》や原因《げんいん》がわかっても、いつ治《なお》るのかはまだわからなかった。

ただ……いつかは治《なお》る、という希望《きぼう》は生《う》まれた。それだけでも……あのときの絶《ぜっ》望《ぼう》にくらべれば、マシだった。

――『麻衣《まい》の心臓《しんぞう》が止《と》まった』

(生《い》きていてくれるなら……いつか、目覚《めざ》めてくれるなら……)

ほら、と社長《しゃちょう》が給水器《きゅうすいき》からコップにくんだ水《みず》を、おれのトレイにのせてくれる。

「なあ、尚志《ひさし》……車《くるま》といっしょにしちゃいけないのは、わかってるけど」

「は?」

社長《しゃちょう》は自分《じぶん》の水《みず》をくみながら、ぶっきらぼうに言《い》った。

「入社試験《にゅうしゃしけん》のときの面接《めんせつ》、おまえ、おぼえているか？」

「あ……いや……」

すごく緊張《きんちょう》していたので、よくおぼえていない。どうしても自動車修理《じどうしゃしゅうり》の現場《げんば》で働《はたら》きたくて、その思《おも》いで頭《あたま》がいっぱいだったことしか。

社長《しゃちょう》は空《あ》いたテーブルにつき、おれもむかいあってこしかけた。

「おまえ、修理《しゅうり》が好《す》きなんだって言《い》ったよな。で、おれがきいたんだ。『どんなことを考《かんが》えながら、直《なお》すんだ？』って」

じっと、おれを見《み》る。

「尚志《ひさし》……おまえ、言《い》ったよ。照《て》れくさそうに『……愛《あい》ですね。あきらめずに愛《あい》してやれば、かならず直《なお》ります。いちばんだいじなのは、ぜったいに直《なお》るって信《しん》じることです』って……」

「え……」

「急《きゅう》に熱弁《ねつべん》して、変《へん》なやつだと思《おも》ったなあ」

社長《しゃちょう》も照《て》れて鼻《はな》の頭《あたま》を赤《あか》くすると、いきなりむしゃむしゃと、昼飯《ひるめし》を食《た》べはじめた。

おれは、笑《わら》いそうになった……けれど、胸《むね》の奥《おく》から熱《あつ》いものがこみあげて、自然《しぜん》と顔《かお》がゆがんでくる。

（あきらめずに愛《あい》して……ぜったいに直《なお》るって信《しん》じる）

のんきなことを言《い》っていた十八歳《じゅうはっさい》のころのおれ自身《じしん》が、バカみたいで、おかしくて、悲《かな》しくて、でも、本当《ほんとう》にそれしかなくて、自分《じぶん》からの、時間《じかん》をこえた贈《おく》り物《もの》がすごくうれしくて……なみだをこらえていたら、社長《しゃちょう》が、あきれたようにうながした。

「ほらぁ、食《く》えよ」

おれは、言葉《ことば》を届《とど》けてくれた社長《しゃちょう》を撮《と》ろうと、ケータイを出《だ》した。

「社長《しゃちょう》、ちょっといいですか？」

「あ？」

とまどう社長《しゃちょう》にレンズをむける。

「動画《どうが》、麻衣《まい》のケータイに送《おく》っとくんです。目《め》が覚《さ》めたら、笑《わら》えるかなと思《おも》って

「……社長《しゃちょう》、なんかして……V《ブイ》サインでもしてください」

社長《しゃちょう》はのってくれた。にやりとして、カメラ目線《めせん》になる。ケータイの画面《がめん》いっぱいに、社長《しゃちょう》の上半身《じょうはんしん》が映《うつ》しだされた。

「V《ブイ》サインって、こうか？」

「いいですね」

にっかりと、社長《しゃちょう》はわざとらしい笑顔《えがお》になり、両手《りょうて》でV《ブイ》サインを作《つく》る。

「ちゃんとかわいく撮《と》れてるか？」

「いや、かわいくはないです」

「なんだよ、おまえは」

むっとするので、強面《こわもて》がますますこわそうになる。

「よし、撮《と》れた。ありがとうございます」

「早《はや》く食《く》えよ」

社長《しゃちょう》が無愛想《ぶあいそう》にもどり、がつがつと、勢《いきお》いよく飯《めし》をかきこむ。おれは小《ちい》さく笑《わら》った。

（社長《しゃちょう》って温《あたた》かい人《ひと》だよな、見《み》かけによらず）

「いただきます」

その日《ひ》の帰宅時《きたくじ》、おれはあの結婚式場《けっこんしきじょう》へよった。ばたばたしていたため、式場《しきじょう》の予約《よやく》を、そのままにしてしまったのだ。残《のこ》り二十日《はつか》足《た》らずになって、式場《しきじょう》の島尾《しまお》さんから、最終確認《さいしゅうかくにん》の電話《でんわ》が来《き》た。

予約《よやく》したときとおなじ場所《ばしょ》——式場《しきじょう》の打《う》ちあわせスペースに入《はい》っていくと、島尾《しまお》さんが気《き》づいて近《ちか》よってきた。事情《じじょう》を説明《せつめい》して、おわびする。島尾《しまお》さんも顔《かお》を曇《くも》らせた。

「あんなにお元気《げんき》でいらしたのに」

「はい」

「ご心配《しんぱい》ですね」

「……ええ」

どうぞ、とおれにいすをすすめてくれたので、こしかける。

「わかりました。では、キャンセルとさせていただきますね」

手《て》つづきに行《い》こうと島尾《しまお》さんが背《せ》をむけたので、おれは、立《た》ちあがってよび止《と》めた。

「あ、いや、ちがうんです」

おどろいて、島尾《しまお》さんがふりむく。

「キャンセルはしたくないんです」

おれが、ここに来《く》るまでに、ひとりで決《き》めてきたことだった。

「もちろん、お金《かね》ははらいます」

島尾《しまお》さんが、とまどった顔《かお》でおれを見《み》つめている。

「キャンセルはいやなんです。約束《やくそく》がなくなっちゃうみたいで……すみません」

いえ……、と笑《え》みをとりもどし、引《ひ》き返《かえ》してきた島尾《しまお》さんは、おれとむかいあって座《すわ》った。おれもこしをおろす。深呼吸《しんこきゅう》してから、おれはつづけた。

「それに、その日《ひ》までに、目《め》を覚《さ》ますかもしれないから。お医者《いしゃ》さんの許可《きょか》がなければ、式《しき》は無理《むり》かもしれないけど……。それでも、知《し》らないあいだにキャンセルされていたら、麻衣《まい》、がっかりすると思《おも》うんです。

……ここで結婚式《けっこんしき》するの、本当《ほんとう》に楽《たの》しみにしてたんで」

「はい、お気持《きも》ちはわかりますが……現実的《げんじつてき》には――」

無理《むり》です、と言《い》われる前《まえ》に、おれは頭《あたま》をさげた。

「その日《ひ》に間《ま》にあわなかったら、来年《らいねん》のおなじ日《ひ》を予約《よやく》しますから。あの、お願《ねが》いします。お願《ねが》いします！」

おれが顔《かお》をあげると、島尾《しまお》さんはこまりはてていた。目《め》があうと、気《き》まずそうに小《ちい》さくほほえむ。

「……お飲《の》み物《もの》、お持《も》ちしますね」

立《た》ちあがって、スタッフルームへ行《い》こうとする島尾《しまお》さんを、おれは立《た》って引《ひ》き止《と》めた。たぶん、上司《じょうし》をよんできて、説得《せっとく》してもらうつもりだ。おれは必死《ひっし》だった。

「あのっ、やっぱり、そういうのはむずかしいですか？」

島尾《しまお》さんは、はっきりわかるほど大《おお》きくため息《いき》をついた。

「……前例《ぜんれい》がなくて」

さっと、行《い》ってしまう。おれはがっかりした。

(むちゃなことを言《い》ってるって、わかってるけど……。麻衣《まい》は、生《い》きて、元気《げんき》でいるのに。ただ、目《め》が覚《さ》めないだけで……)

それからも毎朝《まいあさ》、おれはスクーターで病院《びょういん》にいる麻衣《まい》のもとへ通《かよ》った。毎日往復《まいにちおうふく》四時間《よじかん》を走《はし》る小《ちい》さなエンジンは、桜《さくら》のつぼみが大《おお》きくふくらむころには、早《はや》くも悲《ひ》鳴《めい》をあげた。

走《はし》っているとちゅうで、とつぜんエンジンのごきげんが悪《わる》くなり、すとん、と動《うご》かなくなってしまう。

おれは、スクーターをおして歩《ある》き、川縁《かわべり》の小《ちい》さな緑地帯《りょくちたい》に停《と》めた。バッグから仕《し》事道具《ごとどうぐ》をとりだして、修理《しゅうり》をする。

「ちょっと酷使《こくし》しすぎだよな、ごめんな。……でも、たのむよ。きげん直《なお》してくれ」

何《なに》があっても、あせらず、笑顔《えがお》をわすれない。それが、おれが自分《じぶん》に課《か》したことだった。

(麻衣《まい》が目覚《めざ》めたとき、おれの眉間《みけん》に深《ふか》いたてじわがあって、社長《しゃちょう》みたいな強面《こわもて》になっていたら、きらわれるかもしれないからな)

笑顔《えがお》は、自撮《じど》り動画《どうが》でなら、無理《むり》にでも作《つく》れる。おれはケータイを出《だ》した。

「えーっ、ただ今《いま》、修理中《しゅうりちゅう》でーす」

未来《みらい》の麻衣《まい》に、笑顔《えがお》で手《て》をふる。

4 麻《ま》衣《い》のそばにいたい

バイクをどうにか修理《しゅうり》して、おれは病院《びょういん》に着《つ》いた。初美《はつみ》さんには、おくれて行《い》く、と電話《でんわ》しておいたので、もう病室《びょうしつ》にはいないはずだ。

おれが病室《びょうしつ》のドアを開《あ》けると、また、麻《ま》衣《い》が体《からだ》をのけぞらせ、のたうちまわっていた。ほかに、だれもいない。

「麻《ま》衣《い》！　麻《ま》衣《い》……麻《ま》衣《い》、だいじょうぶだよ、麻《ま》衣《い》」

体中《からだじゅう》につながれたチューブがぬけてしまわないよう、おれは麻《ま》衣《い》の体《からだ》をおさえながら、ナースコールのボタンをおした。

「麻《ま》衣《い》、だいじょうぶだから、麻《ま》衣《い》」

やさしくなだめる。けれど、麻《ま》衣《い》は聞《き》いてくれない。歯《は》を食《く》いしばって、はげしく体《からだ》をゆさぶりつづける……。

「麻衣《まい》……」

(どうしてこんなに、苦《くる》しむんだろう。麻衣《まい》が何《なに》をしたっていうんだ)

大声《おおごえ》で「やめろ！」とさけびたくなる。麻衣《まい》ではなく、麻衣《まい》の中《なか》に巣食《すく》う悪《わる》いやつに。おれに救《すく》う手段《しゅだん》があれば、なんだってするのに。

苦《くる》しそうに、麻衣《まい》はもがきつづける。おれには、麻衣《まい》をさすってあげることしかできない。苦《くる》しみは止《と》められない。

(医者《いしゃ》にもできないのに、おれなんて……。何《なに》が、あきらめずに愛《あい》していれば、だよ。手段《しゅだん》がなくて、何《なに》もしてあげられなくて……信《しん》じるしかできない……なんて)

看護師《かんごし》がかけつけてくるのがもうすこしおそければ、おれは泣《な》きわめいていたかもしれなかった。

「中原《なかはら》さん、失礼《しつれい》します」

看護師《かんごし》が点滴《てんてき》のバッグに薬《くすり》を注入《ちゅうにゅう》し、ほどなく麻衣《まい》が静《しず》かになる。

「……麻衣《まい》……」

本当《ほんとう》に、おれにできることは……すくない。

その夜《よる》、浩二《こうじ》さんから「話《はなし》がある」と電話《でんわ》があり、おれはふたたび病院《びょういん》へ行《い》った。麻衣《まい》の病室《びょうしつ》には、初美《はつみ》さんもいて、ソファにこしかけ、折《お》り紙《がみ》で桜《さくら》の花《はな》を折《お》っている。台《だい》の上《うえ》のかざりを、季節《きせつ》にあわせてとり替《か》えるのだろう。

窓《まど》の外《そと》が暗《くら》く、蛍光灯《けいこうとう》の青白《あおじろ》い光《ひかり》の下《した》だからなのか、初美《はつみ》さんも浩二《こうじ》さんも土気《つちけ》色《いろ》の、疲《つか》れ果《は》てた顔《かお》をしていた。

浩二《こうじ》さんが、医師《いし》から聞《き》いたことを、おれに話《はな》してくれた。

「――卵巣摘出《らんそうてきしゅつ》……って、手術《しゅじゅつ》ってことですよね？」

卵巣《らんそう》の腫《は》れ物《もの》があるかぎり、抗体《こうたい》は体《からだ》の中《なか》に生《う》まれつづけ、消《き》えない。だから、卵巣《らんそう》を体《からだ》から切《き》りはなす、ということだった。

（でも……赤《あか》ちゃんが産《う》めなくなる……）

ショックだった。おれもだけれど、初美《はつみ》さんと浩二《こうじ》さんもショックだったはずだ。

おれは、ふたりをはげまそうとした。

「だいじょうぶです、きっとうまくいきます。それで抗体《こうたい》が消《き》えるなら――」

浩二《こうじ》さんがうなずいたけれど、初美《はつみ》さんはうつむいたまま、厳《きび》しい声《こえ》を出《だ》した。

「家族《かぞく》じゃないから、そんなこと、言《い》えるのよ」

(まちがえた……！)

おれはあせり、言《い》い直《なお》そうとした。けれど、初美《はつみ》さんがたたみかける。

「そうでしょ？　どうしてだいじょうぶだなんて、言《い》えるの？　全然《ぜんぜん》だいじょうぶなんかじゃない。うまくいく保証《ほしょう》なんて、どこにもないのよ。適当《てきとう》なこと、言《い》わないで！」

一度《いちど》、麻衣《まい》の心臓《しんぞう》は止《と》まった――初美《はつみ》さんがおびえているのは、麻衣自身《まいじしん》の命《いのち》が消《き》えることだったのだ。

(おれは、治《なお》せる手段《しゅだん》が見《み》つかったと思《おも》って……犠牲《ぎせい》は大《おお》きいけれど、麻衣《まい》が目《め》を覚《さ》ますなら……おれは受《う》け入《い》れようと思《おも》ったのに……。

でも、初美《はつみ》さんはそうは思《おも》ってない。おれよりもずっとたくさん、麻衣《まい》がベッドの上《うえ》でのけぞって苦《くる》しむのを、見《み》てきたんだ。

助《たす》からない恐怖《きょうふ》が、ずっとずっとおれより大《おお》きい。恐怖《きょうふ》にとらわれて、ぬけだせなくなってるんだ)

何《なに》を言《い》っても初美《はつみ》さんには、しらじらしく聞《き》こえてしまう気《き》がして、おれは言葉《ことば》をさがすのをためらい……あきらめた。

「……やめよう……」と、浩二《こうじ》さんが初美《はつみ》さんをたしなめる。おれは、ふがいない自分《じぶん》を謝《あやま》った。

「すみません……」

重《おも》たい沈黙《ちんもく》が、おれたち三人《さんにん》にまとわりついた。時間《じかん》がのろのろと流《なが》れる。眠《ねむ》っている麻衣《まい》の腕《うで》だけが、ぱた、ぱた、と動《うご》いている。

しばらくして、初美《はつみ》さんが顔《かお》をまっすぐおれにむけ、謝《あやま》った。

「ごめんなさいね。言《い》いすぎた」

おれは、いいえ、とかぶりをふった。

つぎの朝《あさ》は、どしゃぶりの雨《あめ》だった。おれはレインコートをまとってスクーターを走《はし》らせた。それでも、びしょぬれになってしまう。

病室《びょうしつ》に初美《はつみ》さんはいなかった。

(疲《つか》れてるんだ、無理《むり》もないよな)

麻衣《まい》に会《あ》い、病院《びょういん》から出勤《しゅっきん》しようとスクーターをスタートさせたとき、駐車場《ちゅうしゃじょう》に車《くるま》を停《と》め、降《お》りようとしている初美《はつみ》さんの横《よこ》を通《とお》りかかった。

スクーターを一時停止《いちじていし》させて、ヘルメットをぬぎ、笑顔《えがお》であいさつする。初美《はつみ》さんは、じっとおれを見《み》つめていた。


それから、初美《はつみ》さんとはすれちがうばかりで、会《あ》うことはなかった。

数日後《すうじつご》の夜《よる》。おれは、浩二《こうじ》さんに電話《でんわ》をもらって、麻衣《まい》の実家《じっか》に行《い》った。浩二《こうじ》さんから電話《でんわ》があるときは、決《き》まってだいじな話《はなし》だった。

おじゃますると、浩二《こうじ》さんはまだ帰宅《きたく》していなかった。仕事《しごと》ですこしおくれるみたいだ。初美《はつみ》さんがリビングに案内《あんない》して、お茶《ちゃ》をいれてくれる。けれど、落《お》ちつかないようすでキッチンへたびたび入《はい》ってしまい、おれと会話《かいわ》がはずまない。

まもなく、浩二《こうじ》さんが帰《かえ》ってきた。初美《はつみ》さんが、「おかえりなさい」と言《い》いながら、おれとむかいあって席《せき》につく。浩二《こうじ》さんも、着替《きが》えもせず、初美《はつみ》さんのとなりに座《すわ》った。

「悪《わる》いね、来《き》てもらって」

「いえ。ひさしぶりですし、ここに来《く》るの」

結婚《けっこん》をゆるしてください、と式場《しきじょう》を予約《よやく》した直後《ちょくご》にお願《ねが》いして、順番《じゅんばん》がちがうとしかられて以来《いらい》だ。

「……尚志《ひさし》くん」

「はい」

「初美《はつみ》とも話《はな》してたんだけどね」

反射的《はんしゃてき》に、おれは初美《はつみ》さんのほうをむいた。初美《はつみ》さんはうつむいてしまう。浩二《こうじ》さんが、かすれた声《こえ》をしぼりだした。

「……もう、きみは……いいと思《おも》うんだ」

「いいって……？」

浩二《こうじ》さんが初美《はつみ》さんを見《み》る。ちらっとおれをうかがい、初美《はつみ》さんが小《ちい》さな声《こえ》で言《い》った。

「……尚志《ひさし》くんを見《み》てるのが、つらいのよ」

えっ、とおれが初美《はつみ》さんを見《み》つめると、初美《はつみ》さんは視線《しせん》をそらす。浩二《こうじ》さんが、決意《けつい》したように、きっぱりと告《つ》げた。

「もう、麻衣《まい》のことは、わすれてもらっていいんだよ」

何《なに》を聞《き》いたのか、いっしゅん理解《りかい》できなかった。

(わすれて……って……おれ、そんなに迷惑《めいわく》だったのか？)

まさか、そんな……。

(ちがう。おれのこと、心配《しんぱい》してくれたんだ)

口《くち》をぱくぱくさせていたおれは、そう思《おも》いついて、やっと言葉《ことば》が出《だ》せた。

「あ……あ、あの、約束《やくそく》したんです……麻衣《まい》さんと、結婚《けっこん》するって。あの、ぼく、だいじょうぶなんで」

初美《はつみ》さんは視線《しせん》をそらしたままで、浩二《こうじ》さんはこわい顔《かお》だ。

（やっぱり……迷惑《めいわく》……。でも、いやだ、そんなの。麻衣《まい》のこと、わすれろなんて）

「……もうすこしだけ、麻衣《まい》さんのそばに、いさせてください」

おれは、深《ふか》く頭《あたま》をさげた。

「……だめだ」

浩二《こうじ》さんの厳《きび》しい声《こえ》に、おれは胸《むね》をさされたような気《き》がした。するどい痛《いた》みに、がばっ、と体《からだ》をおこす。

「きみは、家族《かぞく》じゃない」

浩二《こうじ》さんは、おれから目《め》をそらさなかった。ようやくおれに顔《かお》をむけた初美《はつみ》さんが、悲《かな》しそうに言《い》う。

「麻衣《まい》は本当《ほんとう》にいい人《ひと》とめぐりあったと思《おも》っているわ。あなたみたいな人《ひと》が、家族《かぞく》になってくれたら、うれしい。でもね……おかしくなっていくのは、わたしたち親《おや》だけでいいと思《おも》うの。尚志《ひさし》くんの人生《じんせい》まで、こわしたくない。だから、麻衣《まい》のことはもう、わすれてください」

おれよりも深《ふか》く、初美《はつみ》さんが頭《あたま》をさげる。浩二《こうじ》さんもさげた。

もう、変《か》えられない、ご両親《りょうしん》の気持《きも》ち。おれには、変《か》えられない。

（……うそ……うそだ……）

アパートへ帰《かえ》っても一睡《いっすい》もできないまま、朝《あさ》をむかえて、おれはスクーターで仕《し》事場《ごとば》へむかった。つい、病院《びょういん》へ行《い》きそうになるのを、くちびるを強《つよ》くかんで、道《みち》を曲《ま》がる。

けれどまた、ぼんやりしてしまい、うっかり道《みち》をまちがえそうになって、あわててハンドルを切《き》ったら、はでに転《ころ》んでしまった。

アスファルトの路面《ろめん》にしたたか打《う》ちつけられ、おれはくやしくて、むなしくて、なみだがにじんできた。

おれが早《はや》く出勤《しゅっきん》してきたので、先輩《せんぱい》の室田《むろた》さんがおどろいた。

「どうしたんだよ、尚志《ひさし》。いいのか、きょう、病院《びょういん》」

おれは、さとられないよう、笑《え》みを無理《むり》に作《つく》って、元気《げんき》にこたえた。

「あ、はい！　きょうはだいじょうぶなんです！」

麻衣《まい》がよくなったんだと、思《おも》ってもらえれば……いろいろ聞《き》かれたくない。室田《むろた》さんのつぎの言葉《ことば》を聞《き》く前《まえ》に、といそがしいふりで持《も》ち場《ば》へむかったら、事務室《じむしつ》から柴田社長《しばたしゃちょう》が出《で》てきた。

「おい、尚志《ひさし》、きょうはおれにつきあえ」

「えっ？」

そんな予定《よてい》は聞《き》いていない。

「納品《のうひん》だ」

「……あ、はい……」

修理《しゅうり》が終《お》わった自動車《じどうしゃ》を持《も》ち主《ぬし》の家《いえ》に届《とど》けるには、ふたりが必要《ひつよう》だ。行《い》きは直《なお》した車《くるま》をひとりが運転《うんてん》し、もうひとりが会社《かいしゃ》の車《くるま》を運転《うんてん》してついていく。帰《かえ》りは、直《なお》した車《くるま》の運転手《うんてんしゅ》を会社《かいしゃ》の車《くるま》に乗《の》せてもどるからだ。

修理《しゅうり》をたのまれていたのは、香川県《かがわけん》の小豆島《しょうどしま》に持《も》ち主《ぬし》がいる、白《しろ》いクラシックカーだった。市内《しない》にある新岡山港《しんおかやまこう》からフェリーに乗船《じょうせん》し、瀬戸内海《せとないかい》をわたって届《とど》けに行《い》く。

柴田社長《しばたしゃちょう》は、おれに何《なに》も聞《き》かなかった。予定《よてい》にないのに、おれを連《つ》れていくってことは、きっとおれがひどい顔《かお》をしているのに、気《き》がついたからだと思《おも》う。

会社《かいしゃ》のみんなから、心配《しんぱい》されないように……。

フェリーの座席《ざせき》に体《からだ》をあずけ、窓《まど》から海《うみ》を見《み》ていたおれの鼻《はな》を、コーヒーの香《かお》りがくすぐった。ふり返《かえ》ると、社長《しゃちょう》が両手《りょうて》に持《も》った紙《かみ》コップの、片方《かたほう》をさしだしていた。背後《はいご》にコーヒーの紙《かみ》コップ自販機《じはんき》が見《み》える。

「あ……すみません」

社長《しゃちょう》は、にやっと笑《わら》って、おれの後《うし》ろの座席《ざせき》に座《すわ》った。社長《しゃちょう》も、海《うみ》のむこうの島影《かげ》に視線《しせん》をなげかける。

「おれたち、車屋《くるまや》にとってはいい場所《ばしょ》だぜ、島《しま》ってのは」

「どういう意味《いみ》ですか？」

島《しま》の人《ひと》は、船《ふね》で移動《いどう》することのほうが、たぶん多《おお》いだろう。車《くるま》があっても、島《しま》の中《なか》では、遠《とお》くまで走《はし》ることはない。

社長《しゃちょう》はさらりとこたえた。

「潮風《しおかぜ》で、車《くるま》がさびて、こわれやすいんだよ」

「はぁ……なるほど」

「お、見《み》えてきた。あれが小豆島《しょうどしま》だ」

クラシックカーのオーナーさんは、小豆島《しょうどしま》の名物《めいぶつ》である、手延《ての》べそうめんの工場《こうじょう》を経営《けいえい》する中年《ちゅうねん》の男性《だんせい》だった。

柴田社長《しばたしゃちょう》がクラシックカーをひきわたし、話《はなし》をしているあいだ、おれはそうめんを天日《てんぴ》に干《ほ》す作業《さぎょう》を見学《けんがく》させてもらった。

干《ほ》し場《ば》にめんをつるし、めんとめんがくっつかないように、長《なが》いはしみたいな道具《どうぐ》で、手早《てばや》くすきまを空《あ》けている。ひっぱったら切《き》れそうに細《ほそ》いめんなのに、作業員《さぎょういん》のおじさんはおそれず、すばやく道具《どうぐ》でさばいていた。

（プロの仕事《しごと》って、すごいなあ）

見《み》ていてあきない。けれどすぐ、車庫《しゃこ》のほうから、けいかいなエンジン音《おん》が聞《き》こえてきた。行《い》ってみると、オーナーさんが、うれしそうにクラシックカーの運転席《うんてんせき》に座《すわ》り、エンジンをふかしていた。

「いやあ、ええ音《おと》や」

愛車《あいしゃ》が直《なお》ったので、オーナーさんはごきげんだ。

「太陽《たいよう》モータースさん、ありがとう。ええ腕《うで》してる」

「いえいえ」と社長《しゃちょう》がけんそんする。

そこへ、工場《こうじょう》のとなりにあるオーナーさんの自宅《じたく》から、奥《おく》さんと小学生《しょうがくせい》くらいの娘《むすめ》さんがふたり、ピクニックに行《い》くようなしたくで、小走《こばし》りに出《で》てきた。お弁当《べんとう》が入《はい》っているらしいバスケット、水筒《すいとう》やレジャーシート、ビデオカメラの三脚《さんきゃく》をかかえている。

「お母《かあ》さん、早《はや》く、早《はや》く」

「早《はや》く行《い》こう、早《はや》く」

「あなたも早《はや》くして」と、奥《おく》さんにうながされたオーナーさんが、腕時計《うでどけい》を見《み》ながら、車《くるま》から降《お》りる。

「あれ？　もうこんな時間《じかん》か？」

奥《おく》さんが大《おお》きくうなずき、足《あし》を止《と》める。その手《て》を娘《むすめ》さんたちがひっぱった。

「早《はや》くぅ」

「なんかあるんですか？」

社長《しゃちょう》がきいた。おれは、ちょうど桜《さくら》が咲《さ》いていたから、お花見《はなみ》なのかな、と思《おも》った。

「これから、歌舞伎《かぶき》があるんです」

オーナーさんがこたえる。

「歌舞伎《かぶき》？」

「歌舞伎《かぶき》っていっても、たいしたもんやないけど。島《しま》の人間《にんげん》だけでやってるみたいな。あの子《こ》らも舞台《ぶたい》にあがるくらいやから、祭《まつ》りみたいなもんかな」

「よかったら、いっしょにどうですか？」

奥《おく》さんが笑顔《えがお》でさそってくれた。

「そやな。どうです？」と、オーナーさんもすすめる。待《ま》ちきれない娘《むすめ》さんたちが、ふたりで走《はし》っていってしまう。

「あー、もう、先行《さきい》かんといて」

奥《おく》さんが追《お》いかけていった。家族《かぞく》の後《うし》ろすがたがとても楽《たの》しそうで、おれの胸《むね》が、ふと、せつなくなった。

（幸《しあわ》せそうな家族《かぞく》……）

麻衣《まい》の家《いえ》で見《み》せてもらったアルバム、家族旅行《かぞくりょこう》や運動会《うんどうかい》の写真《しゃしん》。初美《はつみ》さんと浩二《こうじ》さんは、そこに、数年後《すうねんご》には、当《あ》たり前《まえ》のように、孫《まご》の写真《しゃしん》が増《ふ》えると思《おも》っていたはずだ。

なのに……。

――『尚志《ひさし》くんの人生《じんせい》まで、こわしたくない』

（おれは……その願《ねが》いを、聞《き》き入《い》れるべきだよな）

でも、病室《びょうしつ》でチューブやコードにつながれた麻衣《まい》をほうりだして、おれだけ別《べつ》の人生《じんせい》を歩《あゆ》むなんて……。

麻衣《まい》の目《め》が覚《さ》めたとき、おれがだまっていなくなっていたら、麻衣《まい》はどう思《おも》うだろう。

「尚志《ひさし》、せっかくだから、見《み》せてもらうか」

考《かんが》えこんでいたおれは、社長《しゃちょう》の言葉《ことば》でわれに返《かえ》った。

「あっ、はい」


それは、小《ちい》さな野外《やがい》ホールだった。くぼ地《ち》のいちばん下《した》に、神社《じんじゃ》みたいな建物《たてもの》があり、とびらが外《はず》されると、中《なか》は舞台《ぶたい》になっていた。

半円《はんえん》で階段状《かいだんじょう》になった客席《きゃくせき》があり、このあたりにすむ人《ひと》たちが、おおぜい集《あつ》まっている。土《つち》の客席《きゃくせき》にレジャーシートをしいて、お弁当《べんとう》を広《ひろ》げ、お酒《さけ》をくみかわしていた。

「小豆島農村歌舞伎《しょうどしまのうそんかぶき》」というそうだ。農村《のうそん》の人《ひと》たちが自《みずか》ら演《えん》じる歌舞伎《かぶき》は、江戸時《えどじ》代《だい》の終《お》わりに全国《ぜんこく》へ広《ひろ》まったものらしい。農作業《のうさぎょう》の始《はじ》まる前《まえ》や、終《お》わって一段落《いちだんらく》したときに、神社《じんじゃ》のお祭《まつ》りにあわせた演《だ》し物《もの》として、はじめたそうだ。

旅回《たびまわ》りの役者《やくしゃ》が演《えん》じる本物《ほんもの》の歌舞伎《かぶき》を見《み》ておぼえたり、指導者《しどうしゃ》をまねいたりして、練習《れんしゅう》からみんなが楽《たの》しむイベントになったという。

……と、となりのシートのおじいさんが、じまんげに解説《かいせつ》してくれた。

おれと柴田社長《しばたしゃちょう》は、オーナーさん夫妻《ふさい》といっしょにレジャーシートに座《すわ》り、わりごというお弁当《べんとう》を分《わ》けてもらって、一日中《いちにちじゅう》、夜《よる》までかかって演《えん》じられるという、歌《か》舞伎《ぶき》を見《み》た。

オーナーさん夫妻《ふさい》の娘《むすめ》さんが登場《とうじょう》したのか、ふたりが身《み》をのりだした。ビデオカメラを回《まわ》し、声《こえ》をかける。

「まなちゃーんっ。いいぞーっ」

顔《かお》を真《ま》っ白《しろ》にぬって、青《あお》い着物《きもの》を着《き》た娘《むすめ》さんは、せりふを言《い》いながら刀《かたな》をふりまわすと、ポーズを決《き》めて、オーナーさんのほうにちらっと視線《しせん》を送《おく》った。見得《みえ》を切《き》る、というらしい。

「わあっ」と観客《かんきゃく》から歓声《かんせい》があがり、拍手《はくしゅ》がおきる。

ポーズがかわいらしいので、おれは思《おも》わずジャンパーのポケットからケータイを出《だ》し、動画《どうが》を撮《と》ろうとした。

(麻衣《まい》にも、見《み》せてあげなきゃ)

……そしてすぐ、麻衣《まい》にはもう、会《あ》えないかも、と思《おも》い直《なお》す。

おれはため息《いき》をついて、ケータイをポケットにしまった。

出演者《しゅつえんしゃ》はみんな地元《じもと》の人《ひと》たちで、演目《えんもく》のクライマックスのたびに、おひねりが盛大《せいだい》に舞台《ぶたい》めがけて投《な》げられる。紙《かみ》につつんだお金《かね》で、五百円玉《ごひゃくえんだま》などが入《はい》っているらしい。

知《し》りあいばかりだからか、出演者《しゅつえんしゃ》が舞台《ぶたい》に登場《とうじょう》すると、気安《きやす》く名前《なまえ》がよばれ、応援《おうえん》の声《こえ》がかかって、からかいには、どっと笑《わら》いがおきる。

けれどおれは、どうしても浮《う》かれた気分《きぶん》にはなれなかった。

せっかくのイベントなので、たくさん拍手《はくしゅ》して、笑顔《えがお》は作《つく》っていたけれど、だんだん顔《かお》がこわばっていくのが、自分《じぶん》でもわかった。

やがて、空《そら》がたそがれに変《か》わり、舞台《ぶたい》の背後《はいご》の桜《さくら》がライトアップされた。まだまだ演目《えんもく》はつづき、観客《かんきゃく》はすっかりよっぱらって、みんなハイテンションだ。

あまりのそうぞうしさに耐《た》えきれず、とうとうおれは、そっと立《た》ちあがった。

(おれだけが、楽《たの》しくなんて、なれない。麻衣《まい》も、初美《はつみ》さんも、浩二《こうじ》さんも、苦《くる》しんでいるのに。おれだけ、笑《わら》うことはできない)

静《しず》かなところへ行《い》きたい。

まわりが楽《たの》しげにはしゃぐほど、それにくらべて、はしゃげない自分《じぶん》が、つらかった。おれの心《こころ》にたまった悲《かな》しみが、よりあざやかになる気《き》がした。

観客席《かんきゃくせき》の外《そと》へ出《で》て、境内《けいだい》のかたすみにつるされた、温《あたた》かな色《いろ》をした提灯《ちょうちん》の明《あ》かりの下《もと》へかけこむ。耳《みみ》をふさいで……おれは、はっとなって立《た》ちつくした。

(もしかして、おれ、にげてる？　麻衣《まい》があんなにがんばってるのに、にげてもいいって浩二《こうじ》さんに言《い》われて……にげようとしてないか？)

だめだ。

それは、だめだ。

(にげない。つらいのも、悲《かな》しいのも、くやしいのも、おれはまだ、麻衣《まい》ほどじゃない。いろんな可能性《かのうせい》や、自由《じゆう》を失《うしな》った麻衣《まい》のほうが、ずっと……)

肩《かた》をたたかれた。

「……尚志《ひさし》、だいじょうぶか？」

柴田社長《しばたしゃちょう》が、心《こころ》からいたわしげで、心配《しんぱい》そうな顔《かお》をしていた。おれは思《おも》わず、本当《ほんとう》のことを口走《くちばし》っていた。

「麻衣《まい》のお父《とう》さんに、きみは家族《かぞく》じゃないって、言《い》われちゃったんです」

「そうか」

「でも……でも、いちばんがんばってるのは麻衣《まい》だから、やっぱりおれ、麻衣《まい》がいちばんつらいときに、そばにいてあげたいんです」

にげるなんて、自分《じぶん》がゆるせない。

(だれがなんと言《い》おうと、おれは麻衣《まい》といっしょにいる。麻衣《まい》といっしょに歩《あゆ》みたい)

社長《しゃちょう》が、視線《しせん》を藍色《あいいろ》が濃《こ》くなってゆく空《そら》にむけて、とぼけた調子《ちょうし》で言《い》った。

「おれは、酒飲《さけの》んでくぞ」

……それは、自分《じぶん》は会社《かいしゃ》の車《くるま》を運転《うんてん》していかないから、好《す》きにしろ、という意味《いみ》だと受《う》けとれた。

「社長《しゃちょう》、ありがとうございます！」

全力《ぜんりょく》でおれは走《はし》りだした。


会社《かいしゃ》の車《くるま》を飛《と》ばして島《しま》の港《みなと》へ行《い》き、フェリーの最終便《さいしゅうびん》に乗《の》ることができた。

未明《みめい》に病院《びょういん》へかけこみ、麻衣《まい》のベッドのかたわらに立《た》つ。

「麻衣《まい》。おれ、ぜったい、どこにも行《い》かない。そばにいるからな。いいよな」

ベッドのわきにいすを持《も》ってきてこしかけると、麻衣《まい》の手《て》をさすった。思《おも》ったよりもずっと、温《あたた》かい手《て》だった。


「おはよう」と声《こえ》をかけられて、おれは飛《と》びおきた。

ふりむくと、初美《はつみ》さんだった。いつの間《ま》にか、麻衣《まい》のベッドにつっぷして、眠《ねむ》っていたみたいだ。

初美《はつみ》さんはいつものように麻衣《まい》の腕《うで》をふくため、ハンドタオルを洗面台《せんめんだい》でぬらしている。

「おはようございます」

「……いいの？　尚志《ひさし》くん」

「え？」

おれが初美《はつみ》さんにむきなおると、真剣《しんけん》なひとみで見《み》つめられた。

「麻衣《まい》……ずっとこのままかもしれないのよ？　一生目《いっしょうめ》が覚《さ》めないかも……。それでもあなたは、わたしたちと家族《かぞく》になるつもり？」

家族《かぞく》として、おなじ苦《くる》しみを分《わ》かちあう……当然《とうぜん》だった。おれは決心《けっしん》していた。

「はい！」

「そう……」

こわいくらい真剣《しんけん》だった初美《はつみ》さんが、ほっとした表情《ひょうじょう》に変《か》わる。

「ありがとう」

そう言《い》った初美《はつみ》さんの声《こえ》はふるえていた。

「え?」

「ありがとう……ありがとう……うれしい……うれ……し……」

初美《はつみ》さんはなみだで言葉《ことば》にならない。

(……おれ、みとめてもらえたんだ……)

おれの視界《しかい》も、なみだでぼやけていった。

5 生《う》まれ直《なお》した麻《ま》衣《い》

おれが初美《はつみ》さんからみとめてもらえたのが、二〇〇七年四月一日《ねんしがつついたち》だった。

それからまた、毎朝《まいあさ》おれは、麻《ま》衣《い》のところへ通《かよ》い、休日《きゅうじつ》は初美《はつみ》さんと交代《こうたい》して麻《ま》衣《い》につきそった。

手《て》をマッサージし、寝返《ねがえ》りの代《か》わりとして体《からだ》の位置《いち》を変《か》えた。耳《みみ》もとで麻《ま》衣《い》が子《こ》どものころ好《す》きだったという本《ほん》を読《よ》んであげた。音楽《おんがく》を聞《き》かせ、デートの思《おも》い出《で》を語《かた》った。

夏《なつ》がすぎ、秋《あき》が終《お》わり、冬《ふゆ》からまた、春《はる》へ。

一年以上《いちねんいじょう》がすぎても、麻《ま》衣《い》は目覚《めざ》めなかった。毎日《まいにち》、毎日《まいにち》、明日《あした》こそは、と思《おも》いながら、麻《ま》衣《い》のもとへ通《かよ》いつづける。

二〇〇八年六月二十八日《ねんろくがつにじゅうはちにち》。先輩《せんぱい》の室田《むろた》さんの結婚式《けっこんしき》が、あのおれたちが予約《よやく》した結婚式場《けっこんしきじょう》で行《おこな》われた。花嫁《はなよめ》は三島《みしま》さんだ。

おれも、柴田社長《しばたしゃちょう》や同僚《どうりょう》たちとともに、披露宴《ひろうえん》に招《まね》かれていた。新郎新婦《しんろうしんぷ》がお色《いろ》直《なお》しをして、キャンドルサービスのために、披露宴会場《ひろうえんかいじょう》へ入《はい》ってくる。定番《ていばん》のウェディングソングが流《なが》れ、新郎新婦《しんろうしんぷ》にスポットライトが当《あ》たって、拍手《はくしゅ》がおきた。

室田《むろた》さんがおれたちのテーブルに来《き》て、キャンドルに火《ひ》をともす。おれと目《め》があったら、いきなり泣《な》きだした。

「尚志《ひさし》、尚志《ひさし》、ごめんな、ごめん」

室田《むろた》さんは、自分《じぶん》だけが幸《しあわ》せな結婚《けっこん》をすることに、悩《なや》んでいたようだ。おれの前《まえ》では、気《き》づかれないようにふるまっていたけれど……でも、そんなの、ばればれだった。

「なんで謝《あやま》るんですか、室田《むろた》さん」

「ごめんな」

「だめですよ、新郎《しんろう》が泣《な》いたら。花嫁《はなよめ》がかすむじゃないですか」

そうだ、の声《こえ》に、室田《むろた》さんが目《め》をごしごしこする。

「つぎはおれですから」

「う……うっ……うん……」

また泣《な》く室田《むろた》さんを、社長《しゃちょう》が「泣《な》くな」としかりつける。

つぎのテーブルへ行《い》く新郎新婦《しんろうしんぷ》を見送《みおく》る。そこには、麻衣《まい》の友《とも》だちが集《あつ》まってい
た。おれと室田《むろた》さんとが、最愛《さいあい》の人《ひと》にめぐり会《あ》った焼肉店《やきにくてん》の飲《の》み会《かい》……あの場《ば》にい
た女子《じょし》たちもいる。

(麻衣《まい》だけが……いない……)

目《め》をそらしたら、その先《さき》に島尾《しまお》さんがいた。おれに気《き》づいて頭《あたま》をさげる。おれも、
ぎこちなくほほえみ返《かえ》した。

室田《むろた》さんの結婚式《けっこんしき》からひと月近《つきちか》く。真夏《まなつ》になっていた。

いつものように、朝《あさ》、おれはスクーターで麻衣《まい》のもとへむかっていた。たまたま

道《みち》ばたに、ピンク色《いろ》をした小《ちい》さな花《はな》がたくさん咲《さ》いているのが、視界《しかい》に入《はい》った。

たぶん雑草《ざっそう》で名前《なまえ》も知《し》らないけれど、とてもかわいらしい花《はな》だった。

(麻衣《まい》に見《み》せたいな)

おれはスクーターを停《と》め、降《お》りて花《はな》を数本《すうほん》つんだ。

麻衣《まい》の病室《びょうしつ》のドアを開《あ》けると、体温《たいおん》などのチェックに来《き》ていた看護師《かんごし》さんとすれちがった。

「おはようございます」

「おはようございます、西澤《にしざわ》さん。あら、かわいい花《はな》ですね」

「さっき、そこでつんできたんです」

枕《まく》もとの台《だい》から、おれは一輪《いちりん》ざしの花《か》びんをとった。数日前《すうじつまえ》から空《から》だったので、気《き》になっていたのだ。洗面台《せんめんだい》で水《みず》をくみ、ピンクの花《はな》をさす。

「ほら、かわいいだろ」

台《だい》に一輪《いちりん》ざしをおいて、麻衣《まい》にそう話《はな》しかけたとき――!

一年半《いちねんはん》のあいだ、とじられたままだった麻衣《まい》のまぶたが、うっすらと開《あ》いた。ゆつくり、ゆっくりと半分《はんぶん》くらいまで開《あ》く。

「ま……麻衣《まい》……」

真《ま》っ黒《くろ》なひとみは、まったく動《うご》かない。顔《かお》も動《うご》かさない。

「麻衣《まい》！」

まぶたがもうすこしだけ、開《あ》いた。

(目《め》を、目《め》を覚《さ》ました!!)

おれは病室《びょうしつ》を飛《と》びだした。麻衣《まい》がおきたのを、みんなに見《み》てほしくて。

あわてすぎて、勢《いきお》いあまって廊下《ろうか》ですっ転《ころ》ぶ。ナースセンターにむかって、さけんだ。

「あのっ、あの……ま、ま、麻衣《まい》が……麻衣《まい》がおきました！」

電話《でんわ》すると、初美《はつみ》さんが浩二《こうじ》さんとともにかけつけてきた。

麻衣《まい》の目《め》は、またとじられることはなかった。ときおりゆっくりまばたきして、そのたびにちゃんと、まぶたが開《あ》ききる。

初美《はつみ》さんと浩二《こうじ》さんが到着《とうちゃく》したとき、ちょうど出勤《しゅっきん》してきた主治医《しゅじい》の先生《せんせい》が、麻《ま》衣《い》の意識《いしき》を確認《かくにん》しているところだった。

「中原《なかはら》さん、これ、見《み》えますか？」

ペンライトを点滅《てんめつ》させながら、左右《さゆう》にゆっくり動《うご》かす。しかし、麻衣《まい》のひとみは、ペンライトの明《あ》かりを追《お》わない。ぼんやりと、正面《しょうめん》をむいているだけだ。

それでも、麻衣《まい》のひとみを見《み》た初美《はつみ》さんは感激《かんげき》した。

「麻衣《まい》！　目《め》が覚《さ》めたの？　麻衣《まい》、よかった。よかった……よかったね……」

浩二《こうじ》さんが何《なに》も言《い》わないので、おれがそっとうかがうと、声《こえ》を殺《ころ》して泣《な》いているのだった。おれも泣《な》きそうになる。

（ふたりに、何《なに》を言《い》ったらいいのかわかんないくらい、うれしい……すっごくうれしい！）

しばらく麻衣《まい》の診察《しんさつ》をしてから、主治医《しゅじい》の先生《せんせい》は、おれたち三人《さんにん》をカウンセリングルームへよんだ。麻衣《まい》の病状《びょうじょう》を、ひとことで説明《せつめい》してくれる。

「病気《びょうき》には勝《か》ちました。しかし、生《う》まれ直《なお》したのとおなじです」

先生《せんせい》の説明《せつめい》は、おれだけではなく、初美《はつみ》さんと浩二《こうじ》さんにも、意味《いみ》がわからなかったらしい。あのぅ……と、初美《はつみ》さんがためらいがちに、たずねた。

「生《う》まれ直《なお》した？　どういう意味《いみ》ですか？」

「目《め》を覚《さ》まして、元《もと》の状態《じょうたい》にもどったわけではないんです」

「……つまり、どういう？」と、浩二《こうじ》さんもきく。

「ほぼゼロから、自分《じぶん》と世界《せかい》の関《かか》わりを理解《りかい》していくことになります。今《いま》の麻衣《まい》さんは、おそらく幼児《ようじ》とおなじです」

「えっ？」

「麻衣《まい》さんの脳《のう》の中《なか》は、なんというか……まだらな状態《じょうたい》で、以前《いぜん》のことがすべて思《おも》いだせるとはかぎりません。そこも理解《りかい》してあげてください」

首《くび》をかしげるおれたちに、先生《せんせい》はもうすこし説明《せつめい》してくれた。

抗体《こうたい》による攻撃《こうげき》のせいで、麻衣《まい》の脳《のう》の中《なか》にあったデータが、ほぼ、使《つか》えなくなってしまっている、と。

全部《ぜんぶ》が消《き》えたわけではないだろうけれど、残《のこ》っているデータが使《つか》えるようになるかどうかは、わからない。

これから、新《あたら》しいデータを作《つく》り直《なお》さなければならないことも多《おお》いはず。病気《びょうき》でたおれるまでの二十二年間《にじゅうにねんかん》に脳《のう》がたくわえてきた記憶《きおく》も、行動《こうどう》も、学習《がくしゅう》も、すべてのデータが使《つか》えなくて、今《いま》の麻衣《まい》の脳《のう》は、幼児《ようじ》……いや、赤《あか》ちゃんとおなじ状態《じょうたい》になっていると思《おも》われる、と言《い》うのだ。

浩二《こうじ》さんが、不安《ふあん》そうになって、確認《かくにん》した。

「元《もと》の状態《じょうたい》には、もどれないということですか？」

「それは、なんとも言《い》えません。回復《かいふく》していくはずだとは思《おも》いますが、保証《ほしょう》はできません。しんぼう強《づよ》く待《ま》ちましょう」

ドラマみたいに、目《め》が覚《さ》めたら、すべて元《もと》どおり、ではなかった。

それでも、目《め》が覚《さ》めただけでも、大《おお》きな前進《ぜんしん》だった。おれはとまどいよりも、うれしさのほうが大《おお》きかった。

（だって、先生《せんせい》は、『回復《かいふく》していくはず』って。病気《びょうき》に勝《か》ったんだって。もう、ぜったい元《もと》にもどれないなんて、言《い》ってないし！）

職場《しょくば》の太陽《たいよう》モータースへ出勤《しゅっきん》したおれは、柴田社長《しばたしゃちょう》や室田《むろた》さんに、麻衣《まい》の目《め》が覚《さ》めたと報告《ほうこく》した。いつも強面《こわもて》の社長《しゃちょう》が満面《まんめん》の笑《え》みになり、室田《むろた》さんは飛《と》びあがらんばかりに喜《よろこ》んでくれた。

「すごいな、尚志《ひさし》！」

「はい、室田《むろた》さん」

「よかったな、よかった」

「ありがとうございます」

「ううっ……尚志《ひさし》、ひさぁしぃぃいっ、くうううぅ……」

室田《むろた》さんはおれにだきついて、男泣《おとこな》きをはじめる。

「ちょっと。気持《きも》ち悪《わる》いですよ、室田《むろた》さん。でも、ありがとうございます」

社長《しゃちょう》がおれの肩《かた》に手《て》を置《お》く。

「尚志《ひさし》、よかったな、おい！」

「はいっ」

「奇跡《きせき》ってあるんだな」

「ありがとうございます」

このやりとりに気《き》づいて、同僚《どうりょう》のみんなも作業場《さぎょうば》のあちこちから集《あつ》まってきた。

「おめでとう、西澤《にしざわ》くん」

「よかったなあ、尚志《ひさし》」

「おめでとう！」

「ありがとう！　みなさん、ありがとうございます！」

全員《ぜんいん》から拍手《はくしゅ》がわきおこった。

主治医《しゅじい》の先生《せんせい》が言《い》ったとおり、それから麻衣《まい》はだんだんよくなっていった。それまで一年半《いちねんはん》、何《なに》も変《か》わらなかったのにくらべたら、ほんのささいなことでも、変化《へんか》がおきるのはうれしかった。

目《め》で光《ひかり》を追《お》うようになり、大《おお》きな音《おと》に反応《はんのう》するようになった。初美《はつみ》さんが名前《なまえ》を呼《よ》んで、麻衣《まい》が、ぴくっ、としたときは、なみだがまた出《で》そうになった。

(麻衣《まい》は、自分《じぶん》が麻衣《まい》だって、おぼえている!)

人間《にんげん》の体《からだ》の中《なか》で、いちばんエネルギーを使《つか》うのは、脳《のう》だそうだ。脳《のう》が働《はたら》きはじめたので、点滴《てんてき》では間《ま》にあわず、胃《い》に直接《ちょくせつ》チューブで栄養《えいよう》を送《おく》りこむ。

三《さん》か月《げつ》近《ちか》くがすぎ、空《そら》を流《なが》れる雲《くも》が秋《あき》らしくなるころには、ベッドからはなれて、車《くるま》いすで病室《びょうしつ》の外《そと》へ出《で》る許可《きょか》が下《お》りた。

よく晴《は》れた暖《あたた》かな午後《ごご》を選《えら》んで、麻衣《まい》が初《はじ》めての散歩《さんぽ》に出《で》る、と聞《き》いたので、おれは仕事《しごと》を早退《そうたい》して、病院《びょういん》へ行《い》った。

約束《やくそく》の時間《じかん》に着《つ》いたのに、もう病室《びょうしつ》は空《から》だった。なので、看護師《かんごし》さんに教《おし》えられて、近《ちか》くの公園《こうえん》へむかう。

公園《こうえん》の遊歩道《ゆうほどう》で、浩二《こうじ》さんが麻衣《まい》の車《くるま》いすをおし、初美《はつみ》さんが麻衣《まい》のかたわらにつきそう。浩二《こうじ》さんが決《き》まり悪《わる》そうに笑《わら》った。

「尚志《ひさし》くん、悪《わる》かったね。待《ま》ちきれなかったものだから」

「いえ」

「ねえ、尚志《ひさし》くん、見《み》て。麻衣《まい》が笑《わら》うの」

風《かぜ》にゆれる枝《えだ》の先《さき》や、そこから飛《と》びたつ鳥《とり》に、麻衣《まい》が視線《しせん》をむけた。病室《びょうしつ》にいるときより、ずっと表情《ひょうじょう》がいきいきしている。

おれもうれしくて、ほほえみながら麻衣《まい》によびかけた。

「麻衣《まい》。ぼくだよ、尚志《ひさし》」

ゆっくりと、麻衣《まい》が顔《かお》をぼくへむける。ぎこちなく、かすかな笑《え》みを口《くち》もとに浮《う》かべてくれる。そして麻衣《まい》は、横《よこ》からのぞきこむ初美《はつみ》さんと浩二《こうじ》さんへ、ゆっくりと顔《かお》をもどした。じっと黒《くろ》いひとみで見《み》つめている。

(麻衣《まい》は、家族《かぞく》がわかるんだ。外《そと》に出《で》られて、うれしいんだ)

すこしずつだけれど、元《もと》へもどる道《みち》を進《すす》んでいる。本当《ほんとう》に幸《しあわ》せだった。


麻衣《まい》が初《はじ》めて、車《くるま》いすに乗《の》って散歩《さんぽ》したのが、二〇〇八年十月十八日《ねんじゅうがつじゅうはちにち》だった。日光《にっこう》をあび、風《かぜ》を感《かん》じたのがよかったのか、麻衣《まい》の回復《かいふく》のスピードがあがる。

それから五《ご》か月《げつ》と十日《とおか》……二〇〇九年三月二十九日《ねんさんがつにじゅうくにち》、ついに麻衣《まい》は岡山中央総合《おかやまちゅうおうそうごう》病院《びょういん》を退院《たいいん》した。

といっても、家《いえ》に帰《かえ》れたのではなく、リハビリ専門《せんもん》の病院《びょういん》へ転院《てんいん》したのだ。

麻衣《まい》は、自分《じぶん》の意志《いし》で腕《うで》を動《うご》かすことが、まずできるようになった。手《て》や指《ゆび》もすこしは動《うご》く。けれど、足《あし》はほぼ動《うご》かせなくなっていたのだ。データをとりもどし、歩《ある》けるようになるには、しんぼう強《づよ》いリハビリが必要《ひつよう》だと診断《しんだん》され、転院《てんいん》になったのだ。

のどについていた人工呼吸器《じんこうこきゅうき》は、目《め》が覚《さ》めるよりも早《はや》く外《はず》れていたので、声《こえ》を出《だ》す訓練《くんれん》や、口《くち》から自力《じりき》で食《た》べる練習《れんしゅう》もしなくてはならない。

新《あたら》しい病室《びょうしつ》は、三人部屋《さんにんべや》だった。

おなじ部屋《へや》には、脳梗塞《のうこうそく》という病気《びょうき》で右半身《みぎはんしん》が不自由《ふじゆう》になったおばあさんと、交《こう》通事故《つうじこ》で背骨《せぼね》に重症《じゅうしょう》を負《お》い、下半身《かはんしん》が不自由《ふじゆう》になった中学生《ちゅうがくせい》の女《おんな》の子《こ》がいた。その女《おんな》の子《こ》——美帆《みほ》さんは、四月《しがつ》から三年生《さんねんせい》になるはずだったという。

看護師《かんごし》が、ふたりにおれたちを紹介《しょうかい》した。

「きょうから入《はい》られる、中原麻衣《なかはらまい》さんです」

「よろしくおねがいします」

「こんにちはー」

おばあさんと美帆《みほ》さんが、あいさつしてくれる。おれたちもあいさつと自己紹介《じこしょうかい》をした。

車《くるま》いすの上《うえ》の麻衣《まい》は、緊張《きんちょう》しているのか、反応《はんのう》がにぶい。きょとんとしている。

(もっと、他人《たにん》に反応《はんのう》して、あいさつするような笑《え》みを浮《う》かべられるのに)

麻衣《まい》がいろいろできるようになってくると、つい、できないことにあせってしまう。

それでも美帆《みほ》さんたちは、いやな顔《かお》はせず、「わからないことは、きいてくださいね」と親切《しんせつ》だった。

それから、麻衣《まい》の本格的《ほんかくてき》なリハビリがはじまった。

五月《ごがつ》に入《はい》るころには、風船《ふうせん》キャッチにチャレンジする。まだ自力《じりき》でおこしつづけられない麻衣《まい》の上半身《じょうはんしん》を、車《くるま》いすの背《せ》もたれにベルトで固定《こてい》する。それから麻衣《まい》にむけて、ふくらませた風船《ふうせん》をながげる。

人《ひと》は目《め》の前《まえ》に何《なに》かが飛《と》んできたら、反射的《はんしゃてき》に目《め》をかばい、たたき落《お》とすものだ。まずはそれを思《おも》いだすところからだった。できるようになったら、今度《こんど》はキャッチさせる予定《よてい》になっている。

リハビリの先生《せんせい》がやっても、麻衣《まい》は風船《ふうせん》を無視《むし》し、反応《はんのう》もにぶい。なので、麻衣《まい》が警戒《けいかい》しない相手《あいて》である、初美《はつみ》さんがやってみる。

「麻衣《まい》、見《み》て」

すると、麻衣《まい》はちゃんと飛《と》んでくる風船《ふうせん》を見《み》るのだった。

人見知《ひとみし》りをするなんて、本当《ほんとう》に赤《あか》ちゃんみたいだけれど、「知恵《ちえ》がついてきた証拠《しょうこ》」と、初美《はつみ》さんはうれしそうだった。

「いい、麻衣《まい》、見《み》て」

まず、初美《はつみ》さんが風船《ふうせん》を頭《あたま》の上《うえ》に持《も》ちあげてみせる。麻衣《まい》もまねをして、ゆっくり両腕《りょううで》を持《も》ちあげる。

「そうそう。はいっ」

風船《ふうせん》をなげるけれど、麻衣《まい》の腕《うで》はゆっくりとしか動《うご》かず、まるでタイミングがちがって、空《から》ぶりにもならなかった。

「惜《お》しい、惜《お》しい。もう一回《いっかい》ね」

これを毎日《まいにち》くり返《かえ》し、真夏《まなつ》……目《め》が覚《さ》めてから一年《いちねん》がすぎたころには、麻衣《まい》は風《ふう》船《せん》をしっかりと目《め》で追《お》い、キャッチしたり、まっすぐ打《う》ち返《かえ》せるようになった。

すこしずつ、か細《ぼそ》いけれど声《こえ》も出《で》るようになった。けれど、言葉《ことば》が出《で》てこないようで、ときどきもどかしそうにしている。

風船《ふうせん》キャッチは、おれがやっても、リハビリの先生《せんせい》がやっても、できるようになった。

「はい、いくよ、麻衣《まい》」

おれが風船《ふうせん》をなげると、麻衣《まい》が風船《ふうせん》を打《う》ち返《かえ》す。

「お、うまい」

「ほんと、上手《じょうず》になったぁ」

そう言《い》ってはしゃぐ初美《はつみ》さんからは、毎日《まいにち》笑顔《えがお》がこぼれる。目《め》の下《した》にくまを作《つく》って、疲《つか》れて、苦《くる》しんでいたころが、遠《とお》い日々《ひび》になっていく。

けれど……夏《なつ》が終《お》わりに近《ちか》づき、日《ひ》ぐれが早《はや》くなってきたころに、麻衣《まい》の病室《びょうしつ》は美帆《みほ》さんとふたり部屋《べや》に変《か》わっていた。

おばあさんが……肺炎《はいえん》をおこして、亡《な》くなったのだ。

回復《かいふく》していく麻衣《まい》から、となりの空《から》のベッドに視線《しせん》を移《うつ》し、じっと見《み》ていた美帆《みほ》さんが、初美《はつみ》さんに話《はな》しかけた。

「おばさん」

「うん？」

「人間《にんげん》って……いつか死《し》んじゃうんだよね」

「美帆《みほ》ちゃん、後《うし》ろむきに考《かんが》えちゃだめよ」

「……うん……」

美帆《みほ》さんはだまってしまった。

しばらく風船《ふうせん》キャッチをしてから、つぎの課題《かだい》だ。上半身《じょうはんしん》の固定《こてい》を外《はず》す。

「さあ、麻衣《まい》、握手《あくしゅ》しよ」

身《み》をわずかにのりだして、腕《うで》をのばさないと届《とど》かない位置《いち》に、おれが右手《みぎて》をさしだす。麻衣《まい》はけんめいに右腕《みぎうで》をのばして、上半身《じょうはんしん》を自力《じりき》で支《ささ》えながら、おれの手《て》をにぎった。

「おお、できた。麻衣《まい》、握手《あくしゅ》」

ぎゅっと、麻衣《まい》が力《ちから》をこめる。まだ弱々《よわよわ》しいけれど、力《ちから》が伝《つた》わってくる。

なんども、つないだ手《て》。温《あたた》かくて、やわらかくて、おれよりもひと回《まわ》り小《ちい》さな右《みぎ》手《て》。おれに、パスタやいろんな料理《りょうり》を作《つく》ってくれた右手《みぎて》。

変《か》わらず、温《あたた》かくて、やわらかい。

(麻衣《まい》だ……)

初美《はつみ》さんは、「麻衣《まい》がもうすこし手《て》を動《うご》かせるようになったら、幼児《ようじ》のお手伝《てつだ》い用《よう》に使《つか》う安全《あんぜん》な包丁《ほうちょう》を持《も》たせ、野菜《やさい》を切《き》らせるつもり」なのだそうだ。それが、麻《ま》衣《い》のいちばん得意《とくい》で、好《す》きなことだったから。

秋《あき》になり、麻衣《まい》は足《あし》を動《うご》かす訓練《くんれん》もはじめた。

こちらは、なかなかうまくいかなかった。軽《かる》くおすとすべって動《うご》く台《だい》につかまって、ひざ立《だ》ちになり、全身《ぜんしん》の力《ちから》でおしてみる。動《うご》いたら、それに足《あし》をついていかせる……が、まるで足《あし》が動《うご》かず、上体《じょうたい》だけが前《まえ》にたおれてゆく。

初美《はつみ》さんが前《まえ》、リハビリの先生《せんせい》とおれが後《うし》ろから支《ささ》えて、台《だい》が急《きゅう》に動《うご》かないようにコントロールしながらの、三人《さんにん》がかりだ。

「麻衣《まい》、前見《まえみ》て、前見《まえみ》て」

ひたいに汗《あせ》を浮《う》かべ、麻衣《まい》が力《ちから》をこめる。普通《ふつう》の人《ひと》もだけれど、歯《は》を食《く》いしばって力《ちから》を入《い》れると、どうしても目《め》をつぶって、顔《かお》が下《した》をむいてしまう。

「ゆっくりゆっくり、麻衣《まい》、前見《まえみ》て」

「麻衣《まい》、がんばろう」

おれたちも体《からだ》に力《ちから》が入《はい》り、このころからリハビリはいつも、汗《あせ》だくだった。それだけ、大《おお》きな動《うご》きにチャレンジしはじめた、ということだ。

腕《うで》はわりと動《うご》かせたので、麻衣《まい》は積《つ》み木《き》やねん土《ど》のような、二歳《にさい》くらいの子《こ》が「何《なに》かを作《つく》って遊《あそ》ぶ」おもちゃで、手《て》や指《ゆび》を動《うご》かす訓練《くんれん》もはじめた。

口《くち》もとがうまく動《うご》かせないのか、麻衣《まい》は声《こえ》や言葉《ことば》が出《で》にくかった。麻衣《まい》の考《かんが》えや気持《きも》ちを知《し》るためにも、文字《もじ》を書《か》く訓練《くんれん》をしたかったからだ。

幸《さいわ》い、こちらはあっという間《ま》に文字《もじ》を思《おも》いだし、太《ふと》いサインペンがにぎれるようになると、まず、「中原麻衣《なかはらまい》」の名前《なまえ》がひらがな、ついで漢字《かんじ》で書《か》けるようになった。二〇一〇年二月《ねんにがつ》、バンクーバー冬季《とうき》オリンピックが開催《かいさい》されているころだった。

その年《とし》の夏《なつ》の終《お》わりには、読《よ》み書《か》き計算《けいさん》もすぐ小学生《しょうがくせい》レベルになった。ただ、文《も》字《じ》をおぼえたばかりの幼稚園《ようちえん》の子《こ》みたいで、文字《もじ》が小《ちい》さく書《か》けない。なのでサインペンをにぎり、ホワイトボードにふるえる線《せん》で文字《もじ》を書《か》く。

これで、かんたんな会話《かいわ》なら、筆談《ひつだん》が可能《かのう》になった。おれと麻衣《まい》は、会話《かいわ》をしては、ほほえみあった。

『気分《きぶん》はどう？』

『いいです』

『きょうは、がんばったね』

『ありがとうございます』

『また、あした、来《く》るよ』

『はい』

なぜか、敬語《けいご》ばかりだったけれど……。

(こんなに、会話《かいわ》ができるようになった。それだけでも、すごくうれしい。ずっと眠《ねむ》ったままじゃ、何《なに》も会話《かいわ》できなかったんだから)

うれしくて、おれは気《き》にしなかった。


二〇一〇年《ねん》のおおみそか。ついに麻衣《まい》は、一時帰宅《いちじきたく》した。ほぼ四年《よねん》ぶりで、麻衣《まい》は自分《じぶん》の家《いえ》にもどれたのだ。

食事《しょくじ》は、口《くち》やのどの筋肉《きんにく》がまだうまく動《うご》かないため、お年寄《としよ》り用《よう》みたいなどろどろの介護食《かいごしょく》やゼリーだった。けれど、食《た》べさせてあげれば自力《じりき》でどんどん食《た》べられるし、自分《じぶん》でスプーンですくって食《た》べる訓練《くんれん》もしている。

おれもおじゃまして、いっしょに、年越《としこ》しそばのならんだ食卓《しょくたく》をかこんだ。麻衣《まい》に食事《しょくじ》を食《た》べさせる。

「デザートには、ゼリーをご用意《ようい》しました」

初美《はつみ》さんが笑顔《えがお》で、手作《てづく》りのオレンジゼリーを運《はこ》んでくる。おれがスプーンですくって口《くち》に運《はこ》ぶと、麻衣《まい》は目《め》をかがやかせて大《おお》きめに口《くち》を開《あ》け、うれしそうに食《た》べた。

「よく食《た》べてる」と、初美《はつみ》さんと浩二《こうじ》さんがうなずきあう。

「ありがとう、尚志《ひさし》くん」

「……はい」

(この前《まえ》、この部屋《へや》に来《き》たとき、おれは「麻衣《まい》をわすれてくれ」と言《い》われた。それが……麻衣《まい》といっしょにまた、ここにいられる。みんな、笑顔《えがお》で)

リビングのテレビでは、年越《としこ》し恒例《こうれい》の歌番組《うたばんぐみ》がはじまっていた。

「いきものがかり」が『ありがとう』を歌《うた》っている。

病室《びょうしつ》のテレビで毎日朝《まいにちあさ》と昼《ひる》、麻衣《まい》と初美《はつみ》さんが見《み》ていたドラマの主題歌《しゅだいか》だった。

終《お》わってから、三《さん》か月《げつ》たつけれど。

麻《ま》衣《い》の目《め》がテレビにくぎづけになった。

「……あー……あーおー……うあえ、あー……うえー……」

か細《ぼそ》いけれどきれいな声《こえ》が、麻《ま》衣《い》の口《くち》からもれてきた。

「……うあが……えあ……ぎえあー……うぐあ……おぼい……おー」

画面《がめん》から流《なが》れる曲《きょく》に麻《ま》衣《い》の声《こえ》がかさなり、だんだん、歌詞《かし》に聞《き》こえてくる。

「歌《うた》ってる……麻《ま》衣《い》が……」

初美《はつみ》さんが感激《かんげき》でなみだぐみ、おれたちはみんな、とても幸《しあわ》せな気分《きぶん》だった。

ふと、おれは思《おも》いだした。

——『じゃ、カラオケ、歌《うた》ってくるね』

(あのとき、わざわざ、初対面《しょたいめん》だったおれに、そう言《い》った。そうか、カラオケが好《す》きだったんだ!)

おれが苦手《にがて》だと言《い》ったせいか、麻《ま》衣《い》が気《き》をつかったみたいで、ふたりで行《い》くことはなかったのだ。

このことに気《き》づいて、言葉《ことば》をしゃべる訓練《くんれん》の手《て》がかりがわかった。それからは、麻衣《まい》が好《す》きだった曲《きょく》を流《なが》し、いっしょに歌《うた》う練習《れんしゅう》を、リハビリのメニューに加《くわ》えた。

効果《こうか》はばつぐんだった。また、気持《きも》ちよく歌《うた》えるようになりたい、と歌《うた》の練習《れんしゅう》をつづけた麻衣《まい》は、しだいにしゃべれるようになっていったのだ。

6 あなたを思《おも》いだせない

二〇一一年《ねん》の夏《なつ》。麻衣《まい》は、病気《びょうき》でたおれる前《まえ》みたいなおしゃべりではないけれど、もの静《しず》かにゆっくりと、話《はな》せるようになっていた。

猛暑《もうしょ》が去《さ》り、気持《きも》ちのよい秋《あき》が来《き》て、外出日和《がいしゅつびより》になる。車《くるま》いすをおし、近《ちか》くの公《こう》園《えん》を散歩《さんぽ》しながら、おれは麻衣《まい》に話《はな》しかけた。

ただ、記憶《きおく》があいまいなことが多《おお》いらしく、思《おも》い出話《でばなし》をすると、麻衣《まい》がこまったり、考《かんが》えたり、意外《いがい》そうな反応《はんのう》をするので、そこで会話《かいわ》が止《と》まってしまう。

(無理《むり》に思《おも》いださせるのは、つらいよな。ここまで待《ま》ったんだから、これからも待《ま》てる。あせらない、あせらない)

おれは、目《め》の前《まえ》に見《み》えていることについてだけ、話《はなし》をするようにつとめた。

◆◆◆◆◆◆◆◆

それは、尚志《ひさし》が知《し》らない、麻衣《まい》についてのこと。

はじまりは麻衣《まい》がすこしずつしゃべれるようになり、自分《じぶん》のおかれた状況《じょうきょう》を理解《りかい》しはじめた二〇一一年《ねん》の春《はる》にさかのぼる。

麻衣《まい》の母《はは》の初美《はつみ》が、昨年《さくねん》のおおみそかに家族《かぞく》で撮《と》った写真《しゃしん》を、フォトスタンドに入《い》れて麻衣《まい》のベッドのわきの台《だい》にかざり、つづいて花《はな》も花《か》びんにかざっていた。

麻衣《まい》は、その写真《しゃしん》をじっと見《み》た。

（お母《かあ》さん、お父《とう》さん、わたし、いつもいっしょにいてくれるあの人《ひと》……）

「……ヒ、サシ、さん」

「え？」

初美《はつみ》がふり返《かえ》る。

自分《じぶん》に何《なに》がおきたかは、教《おし》えられた。けれども麻衣《まい》にはまだ、わからないことが、たくさんあった。

秋《あき》がすぎ、冬《ふゆ》になり、また春《はる》がめぐってきた。この一年間《いちねんかん》で麻衣《まい》はもう、ふつうに会話《かいわ》ができるようになっていた。

ある朝《あさ》、病室《びょうしつ》に入《はい》ってきた初美《はつみ》が、持《も》ってきた新聞《しんぶん》を広《ひろ》げ、麻衣《まい》にわたしてくれた。

「ねえ、見《み》て。おなじ部屋《へや》にいた美帆《みほ》ちゃん。最優秀賞《さいゆうしゅうしょう》とったんですってよ」

新聞記事《しんぶんきじ》の見出《みだ》しに、麻衣《まい》は目《め》を通《とお》した。文字《もじ》は不自由《ふじゆう》なく読《よ》める。

『全国高校生弁論大会《ぜんこくこうこうせいべんろんたいかい》　最優秀賞《さいゆうしゅうしょう》　泉美帆《いずみみほ》さん
障害乗《しょうがいの》り越《こ》え　命《いのち》の大切《たいせつ》さ　うったえる』

一年前《いちねんまえ》に、このリハビリ専門病院《せんもんびょういん》を退院《たいいん》していった美帆《みほ》は、高校生《こうこうせい》になっていた。

「ねえ、お母《かあ》さん」

「ん？」

「あの人《ひと》……きょう来《く》る？」

「あの人《ひと》って？」

「ひ……さしさん？」

「うん。来《く》ると思《おも》うけど？」

「そう……」

麻《ま》衣《い》はそれ以上《いじょう》、きけなかった。


もう一年《いちねん》くらいになる。

昨年《さくねん》の春《はる》だった。ふと、麻《ま》衣《い》はものすごくふしぎに思《おも》ったのだ。

ずっと前《まえ》からそばにいてくれる、やさしくて、いつもほほえんでいる、三十歳《さんじっさい》くらいの、髪《かみ》の短《みじか》い、スポーツマンみたいなかんじの、さわやかな男《おとこ》の人《ひと》は……だれなんだろう、と。

その人《ひと》は当然《とうぜん》のように、とつぜん、麻《ま》衣《い》の知《し》らない話《はなし》をする。

『麻《ま》衣《い》が、ママカリを海《うみ》で釣《つ》って』とか。

『麻《ま》衣《い》の作《つく》ってくれたパスタ、おいしかったよな』とか。

どうして、そんなこと言《い》うんだろうと、こまってしまう。

気《き》がついたら、その人《ひと》は、当《あ》たり前《まえ》のようにそばにいた。毎日《まいにち》、会《あ》いに来《き》てくれる。

気《き》がついた、というか、眠《ねむ》っていて目《め》が覚《さ》めたら、知《し》らない部屋《へや》で、その人《ひと》が自分《じぶん》のそばにいた。

いつ目《め》が覚《さ》めたのかも、よくわからないけれど……この病院《びょういん》の前《まえ》に、別《べつ》の病院《びょういん》にいたことは、なんとなくおぼえている。

なぜそこにいたのかは、説明《せつめい》してもらわないと、麻衣《まい》にはわからなかった。自分《じぶん》は、調理専門学校《ちょうりせんもんがっこう》に通《かよ》って、神戸《こうべ》にいると思《おも》っていた。けれどそこは、故郷《こきょう》の岡山《おかやま》だという。

それで、すこしずつ、包丁《ほうちょう》を使《つか》う練習《れんしゅう》のたび、思《おも》いだした。専門学校《せんもんがっこう》を卒業《そつぎょう》して、岡山《おかやま》の実家《じっか》に帰《かえ》って、レストランで働《はたら》いていたことを。そんな気《き》がする、というだけで、はっきりとではないけれど。

……その男《おとこ》の人《ひと》を、両親《りょうしん》は「家族《かぞく》」とよんでいた。でも、自分《じぶん》に兄《あに》はいなかったはず。どんなに考《かんが》えても、兄《あに》がいたおぼえはない。

けれど、彼《かれ》はいつも当《あ》たり前《まえ》みたいにいて、いったいだれなのか、誰《だれ》にも説明《せつめい》してはもらえなかった。


ぼんやりしていた頭《あたま》の中《なか》がはっきりしてきて、それまで何年《なんねん》も、自分《じぶん》が幼稚園児《ようちえんじ》みたいに疑問《ぎもん》をもたず、言《い》われるまま受《う》け入《い》れていたことが、じつは、いろいろとわからないことだらけだと、麻衣《まい》は思《おも》い至《いた》った。

両親《りょうしん》の会話《かいわ》を何《なに》げなく聞《き》いていて、あの男《おとこ》の人《ひと》は、「病気《びょうき》にならなければ、二《に》か月後《げつご》に結婚《けっこん》していたはずの、婚約者《こんやくしゃ》」と、はっきりと知《し》った。

たぶん……それが一年《いちねん》ちょっとくらい前《まえ》。

婚約《こんやく》していた、なんて信《しん》じられなかった。まったく、おぼえがないのだ。

悪《わる》い人《ひと》ではない……と思《おも》う。むしろ、とてもやさしい、すてきな人《ひと》。

でも、知《し》らない人《ひと》。

どんな人《ひと》……なんだろう。


麻《ま》衣《い》があの人《ひと》について考《かんが》えていたら、初《はつ》美《み》が美《み》帆《ほ》の記《き》事《じ》がのっている新《しん》聞《ぶん》をたたみながら、きき返《かえ》した。

「……麻《ま》衣《い》、なんでそんなこと、きくの？」

「ううん……」

「なんで、尚《ひさ》志《し》さんのこと？　いつもそばにいてくれるでしょ？」

(うん……。でも、わたし、あの人《ひと》のこと、よく知《し》らない……知《し》りたい)

でも、それを言《い》ったら、きっとあの人《ひと》は傷《きず》つく。そんな気《き》がする。

初《はつ》美《み》が麻《ま》衣《い》をじっと見《み》つめて、たずねた。

「麻《ま》衣《い》、なんか、わたしたちにかくしていることあるでしょ？」

「え？　う、ううん」

麻《ま》衣《い》は首《くび》をふった。

二〇一二年《ねん》の春《はる》。麻衣《まい》がたおれてから、五年《ごねん》がすぎ、六年目《ろくねんめ》に入《はい》った。二十二歳《にじゅうにさい》だった麻衣《まい》は二十七歳《にじゅうななさい》、おれはあと半年《はんとし》たつと三十歳《さんじっさい》になる。

麻衣《まい》は、歩《ある》くこと以外《いがい》は、だいたい元《もと》にもどった。まだすこし、動《うご》きがゆっくり気味《ぎみ》で、活発《かっぱつ》で気《き》が強《つよ》かったころにくらべたら、おとなしく、物静《ものしず》かだけれど。

本当《ほんとう》によかった。

おれは毎日《まいにち》、笑顔《えがお》でいられるようになった。何《なに》もかもが、明《あか》るく、かがやいて見《み》えた。

ちょっとくらい、いやなことがあっても、麻衣《まい》が眠《ねむ》りつづけていたころを思《おも》えば、どうってことはない。かならず、よくなるときが来《く》るって信《しん》じられる。

本当《ほんとう》に、本当《ほんとう》に、よかった！

朝《あさ》、おれは新聞《しんぶん》で、以前《いぜん》おなじ病室《びょうしつ》にいて、退院《たいいん》していった美帆《みほ》さんが、弁論大《べんろんたい》会《かい》で最優秀賞《さいゆうしゅうしょう》をとった、と知《し》った。

(がんばってるんだな、美帆《みほ》さん)

その日《ひ》は休日《きゅうじつ》で、おれは一日《いちにち》麻衣《まい》のそばにいた。午後《ごご》、麻衣《まい》の高校時代《こうこうじだい》の友《とも》だちが四人《よにん》、お見舞《みま》いに来《き》てくれた。

玄関《げんかん》フロアのとなりにある面会《めんかい》スペースで、おれと初美《はつみ》さんもつきそって、麻衣《まい》たちがにぎやかにおしゃべりをする。

高校時代《こうこうじだい》の記憶《きおく》がよびさまされたらしく、麻衣《まい》はとてもうれしそうに笑《わら》っている。麻衣《まい》がいろいろと思《おも》いだし、話《はなし》はもりあがった。

友《とも》だちが争《あらそ》うようにして、麻衣《まい》に話《はな》しかける。

「あ、そういえばさ、麻衣《まい》、あれ、おぼえてる？　入学式《にゅうがくしき》のさ、つぎの日《ひ》さ」

「そうそう、トイレ出《で》たあと、パンツ丸見《まるみ》え事件《じけん》」

「スカートのすそ、パンツにはさんで」

麻衣《まい》が顔《かお》を赤《あか》くして、さけんだ。

「うああ、やめて！」

「だってさ、衝撃《しょうげき》だったよね」

みんなが爆笑《ばくしょう》する。

「ねえ、麻衣《まい》、聞《き》いてないんだけど。尚志《ひさし》さんとはどこで知《し》りあったの？」

「え……」

と、麻衣《まい》から笑顔《えがお》が消《き》え、おれは、いやなひっかかりを感《かん》じた。

「あー、知《し》りたい」

「知《し》りたいよねー」

「教《おし》えて」

「……あ……ええっと……」

麻衣《まい》はこまったように、初美《はつみ》さんに視線《しせん》を送《おく》る。初美《はつみ》さんもとまどった。

おれは急《いそ》いで、話《はなし》にわりこんだ。

「あ、その、ぼくの先輩主催《せんぱいしゅさい》の飲《の》み会《かい》で、駅前町《えきまえちょう》の焼肉屋《やきにくや》で」

麻衣《まい》の友《とも》だちが、みんな、おれに注目《ちゅうもく》する。

「その日《ひ》、すっごくお腹痛《なかいた》くて。肉《にく》も食《た》べない、酒《さけ》も飲《の》まないでいたら、麻衣《まい》がすっごい勢《いきお》いで、『そういう態度《たいど》、ムカつく』って言《い》ってきて」

「言《い》いそう！」

「麻衣《まい》って委員長《いいんちょう》タイプだから」

「だよね！」

「まじめだからさ、麻衣《まい》」

おれの話《はなし》を聞《き》いても、麻衣《まい》はこまったようにまなざしを泳《およ》がせるばかりだった。

（……おぼえて……ないのか？　ひょっとして、おれのこと……全部《ぜんぶ》……）

思《おも》い当《あ》たるふしはあった。思《おも》い出話《でばなし》をすると、いつも麻衣《まい》はあいまいな表情《ひょうじょう》を浮《う》かべ、こまってしまっていた。

思《おも》い出話《でばなし》、ひとつ残《のこ》らず、そうだった。

筆談《ひつだん》のとき、おれに敬語《けいご》だった……知《し》らない人《ひと》だったからだ。

友《とも》だちを麻衣《まい》と玄関《げんかん》で見送《みおく》ってから、おれは麻衣《まい》の車《くるま》いすをおし、病室《びょうしつ》へもどろうとした。初美《はつみ》さんは友《とも》だちに、お礼《れい》が言《い》い足《た》りないのか、追《お》いかけていった。

けれど……おれの胸《むね》のうちは、すっきりしていなかった。

――『以前《いぜん》のことがすべて思《おも》いだせるとはかぎりません』

(前《まえ》にいた病院《びょういん》の先生《せんせい》は、そう言《い》っていた……でも、まさか、おれのことだけ……)

熱帯魚《ねったいぎょ》の水《すい》そうの前《まえ》で、おれの足《あし》は止《と》まってしまった。麻衣《まい》も無言《むごん》で、ライトに照《て》らされて泳《およ》ぎまわるカラフルな熱帯魚《ねったいぎょ》を、所在《しょざい》なさげにながめている。

「麻衣《まい》……おれのこと……おぼえていない?」

間《ま》があって、こくん、と麻衣《まい》が小《ちい》さくうなずいた。おれを見《み》ようとはしない。

「……やっぱりな……」

ショックだった。軽《かる》く、くらっときた。

「おれのことだけ?」

「……そうみたいです。ごめんなさい」

「そっか……」

「結婚《けっこん》の約束《やくそく》してたって言《い》われても……でも、思《おも》いだせないし……何《なに》も」

おれは、言葉《ことば》を失《うしな》った。

おれのことだけ、何《なに》も、おぼえていない――今《いま》ごろ、がつん、と言葉《ことば》がつきささった。

ショックなんてものじゃない。麻衣《まい》の心臓《しんぞう》が止《と》まった、と聞《き》いたとき以来《いらい》の衝撃《しょうげき》で、目《め》の前《まえ》が真《ま》っ暗《くら》になる。

「ごめんね……麻衣《まい》……全然《ぜんぜん》気《き》づいてあげられなくて……しんどかったよね」

そう言《い》う自分《じぶん》の声《こえ》が、他人《たにん》のものみたいに遠《とお》くから聞《き》こえる。おれは立《た》っていられず、ふらふらっとなりながら、近《ちか》くのかべぎわにあったソファへすわりこんで、頭《あたま》をかかえた。

「そうか……そうだよな……」

――『すべて思《おも》いだせるとはかぎりません』

(脳《のう》が攻撃《こうげき》されて、いろいろなデータをだめにしちゃう病気《びょうき》……でも、なんで、まさか……なんでおれのことだけ……体《からだ》の使《つか》いかたも、文字《もじ》も、包丁《ほうちょう》も、両親《りょうしん》も、友《とも》だちも、子《こ》どものころも高校時代《こうこうじだい》も、みんな思《おも》いだしたのに、なんで、なんでおれのことだけ！）

麻衣《まい》にとって、おれは、そのていどの存在《そんざい》だったのだろうか。

わすれてもかまわないような。

「でもわたし、がんばります！」

すぐそばで、麻衣《まい》の声《こえ》がした。

「えっ」

顔《かお》をあげると、麻衣《まい》が自分《じぶん》の手《て》で車《くるま》いすを動《うご》かし、おれの正面《しょうめん》にむきなおっていた。

すごく真剣《しんけん》な表情《ひょうじょう》で、麻衣《まい》は宣言《せんげん》する。

「あなたを、思《おも》いだせるように、ぜったい！」

自力《じりき》で車《くるま》いすをこぎ、麻衣《まい》は廊下《ろうか》を進《すす》んでいった。

それから何日間《なんにちかん》か、麻衣《まい》にたのまれ、おれはあらためて、ふたりの出会《であ》いからはじめて、デートの思《おも》い出《で》を語《かた》った。

「……あと、クリスマスの日《ひ》に、おれ……ぼくのアパートで、いっしょにご飯《はん》を食《た》べた」

おれの話《はなし》を、麻《ま》衣《い》はメモノートに、ボールペンで書《か》きとめていく。以前《いぜん》ほど上手《じょうず》な字《じ》ではない。けれど、小学生《しょうがくせい》がメモをとるていどには、読《よ》める字《じ》でどんどん書《か》けるようになっていた。まだ力《ちから》が入《はい》りすぎて、紙《かみ》がしわになったりする。

「プレゼント交換《こうかん》もして……」

キスしたら、と言《い》いかけ、ドキッとする。

(キモいよな。知《し》らない男《おとこ》とキスしたなんて)

「ご飯《はん》食《た》べようとしたら、麻《ま》衣《い》が、こたつのテーブルクロスをひっぱっちゃって、のっていた皿全部《さらぜんぶ》ひっくり返《かえ》って、ふたりで笑《わら》った」

メモを読《よ》み返《かえ》し、麻《ま》衣《い》は思《おも》いだそうとするように、ぎゅっと目《め》をとじた……。

思《おも》いだせない、と麻衣《まい》はくやしくてくちびるをかんだ。

尚志《ひさし》の話《はなし》は具体的《ぐたいてき》だった。くり返《かえ》し聞《き》いても、おなじ話《はなし》をした。

本当《ほんとう》にあったことなのだ。

でも、麻衣《まい》は思《おも》いだせない。どんなに考《かんが》えても、思《おも》いだせないのだ。

尚志《ひさし》の記憶《きおく》が麻衣《まい》にないことを知《し》って、初美《はつみ》と浩二《こうじ》もショックを受《う》けたようだった。

◆◆◆◆◆◆◆◆

ふたりの思《おも》い出《で》の場所《ばしょ》に行《い》き、風景《ふうけい》を見《み》れば、思《おも》いだせるかもしれない、と麻衣《まい》は初美《はつみ》にたのみ、初美《はつみ》の運転《うんてん》する自動車《じどうしゃ》で病院《びょういん》の外《そと》へ連《つ》れていってもらった。

デートのとき、いつも待《ま》ちあわせをしていたスーパーマーケットの駐車場《ちゅうしゃじょう》。

自動車《じどうしゃ》から降《お》り、車《くるま》いすであたりを回《まわ》ってみる。舗装《ほそう》していないところは、初美《はつみ》が車《くるま》いすをおしてくれた。

「麻衣《まい》、思《おも》いだせるといいね」

「うん……止《と》めて」

メモノートに書《か》いた文字《もじ》と、あたりの景色《けしき》を、麻衣《まい》は見《み》くらべた。この位置《いち》に、自分《じぶん》はいつも車《くるま》を停《と》め、となりに停《と》めた尚志《ひさし》の車《くるま》に乗《の》りこんでいたらしい。

「ここで……よく尚志《ひさし》さんの車《くるま》に、乗《の》りかえて……いろんなとこ、行《い》った。海《うみ》の見《み》えるカフェ、山《やま》の展望台《てんぼうだい》、滝《たき》……」

このスーパーで買《か》い物《もの》をしていたことには、なんとなく実感《じっかん》があるし、この場所《ばしょ》も初《はじ》めてではないとわかる。なのに、尚志《ひさし》がその風景《ふうけい》の中《なか》にいないのだ。

つぎに、初《はじ》めて会《あ》った日《ひ》の、焼肉店《やきにくてん》のあるアーケードへ行《い》く。ここで、最初《さいしょ》に会《かい》話《わ》した。お腹《なか》が痛《いた》くて元気《げんき》がなかった尚志《ひさし》を、麻衣《まい》が態度《たいど》が悪《わる》いとかんちがいして、責《せ》めてしまった場所《ばしょ》だ。

「最初《さいしょ》に話《はな》しかけた、アーケード」

麻衣《まい》は自力《じりき》で車《くるま》いすをこいで、焼肉店《やきにくてん》の前《まえ》から、路面電車《ろめんでんしゃ》の電停《でんてい》が見《み》えるアーケードの出入《でい》り口《ぐち》まで、行《い》ってみた。

初《はじ》めてではない、なんどか通《とお》った、という感覚《かんかく》はあっても……やはり、尚志《ひさし》と結《むす》びつかない。思《おも》いだそうとすればするほど、手《て》のひらにすくったはずの水《みず》が指《ゆび》のあいだからこぼれ落《お》ち、地面《じめん》にすわれていくような感《かん》じにおそわれる。

あるいは、学生時代《がくせいじだい》のテストのとき、たしかに暗記《あんき》したのに、どうしても答《こた》えが出《で》てこない、あんな感《かん》じ……。

アーケードの先《さき》の大通《おおどお》りを、きしんだ音《おと》を立《た》てて路面電車《ろめんでんしゃ》が通過《つうか》していった。なつかしい、といっしゅん思《おも》ったけれど、それはきっと、子《こ》どものころの記憶《きおく》……。

ふたりで手《て》をつないで歩《ある》いたという、川沿《かわぞ》いの遊歩道《ゆうほどう》。

(何《なに》も……おぼえていない……思《おも》いださない)

がっかりして、こぐ気力《きりょく》もなくなった麻衣《まい》の車《くるま》いすを、初美《はつみ》がゆっくりとおす。

「麻衣《まい》が寝《ね》ているあいだに、尚志《ひさし》くん、家族《かぞく》になったんだよね。順番《じゅんばん》はちがうかもしれないけど」

本当《ほんとう》は結婚《けっこん》して、家族《かぞく》に加《くわ》わるはずだった。

でも尚志《ひさし》は、結婚《けっこん》できるかわからないのに、家族《かぞく》になってくれた。

麻衣《まい》のことはわすれてほしい、とたのんだけれど、尚志《ひさし》は聞《き》かなかったという。

麻衣《まい》はくやしかった。

(あの人《ひと》は、そんなにも、わたしのこと……好《す》きでいてくれた。なのにわたしは……わたしったら……結婚《けっこん》の約束《やくそく》をするくらい、好《す》きだったはずなのに、何《なに》もおぼえていない。

わたし、なんて、だめなんだろう。たいせつな人《ひと》のこと、全部《ぜんぶ》わすれちゃうなんて)

「……そろそろ帰《かえ》ろうか」

「もう一《いっ》か所《しょ》行《い》きたい。尚志《ひさし》さんのアパート」

(つぎこそ、思《おも》いださなきゃ)

「だめ。外出《がいしゅつ》は三時間《さんじかん》って、先生《せんせい》と約束《やくそく》したでしょ」

時間切《じかんぎ》れ……麻衣《まい》はため息《いき》をもらした。すこしでも、一時間《いちじかん》でも一分《いっぷん》でも早《はや》く、思《おも》いだしたい。あの人《ひと》がたいせつな人《ひと》だと、実感《じっかん》したい。

「また今度《こんど》」

と、初美《はつみ》が強引《ごういん》に車《くるま》いすをおし、駐車場《ちゅうしゃじょう》へもどっていく。


その晩《ばん》、麻衣《まい》は病室《びょうしつ》で、引《ひ》きだしからひっぱりだしたリングケースを開《あ》けた。小《ちい》さなダイヤのついた、婚約指輪《こんやくゆびわ》が入《はい》っている。見《み》て思《おも》いだせるなら、と初美《はつみ》が家《いえ》から持《も》ってきてくれたものだ。

左手《ひだりて》の薬指《くすりゆび》にはめてみる。サイズはぴったりだった。

『――すり替《か》えて、麻衣《まい》の手《て》にはめたんだけど、指《ゆび》がちがうのに、麻衣《まい》は全然《ぜんぜん》気《き》がつかなくて、ぼくはあせって……』

そんなこと、わたしがするかな、としか思《おも》えない。

(ううん、わたしドジだから、もしかしたら、しそうだけど……でも……実感《じっかん》がない)

しばらく考《かんが》えたけれど、やはり思《おも》いだせなかった。

あきらめてケースにもどし、ふたをしめる。

人《ひと》の気配《けはい》に気《き》がついて、顔《かお》をあげると、ドアを開《あ》けて尚志《ひさし》が立《た》っていた。目《め》があうと、やさしく……いや、以前《いぜん》とはちがってぎこちなく、ほほえんでくれる。

「きょう、いろいろ回《まわ》ったんだって？」

そういいながら近《ちか》づき、コンビニのレジぶくろから、ペットボトルのドリンクを出《だ》して台《だい》にならべる。

「飲《の》んで」

いつもみたいにやさしくそう言《い》ったけれど、尚志《ひさし》はそれ以上《いじょう》、麻衣《まい》を見《み》ることができないようだった。見《み》ていいのかどうか、ためらっているふうにも思《おも》えた。

それがもうしわけなくて、麻《ま》衣《い》の胸《むね》がきゅっと痛《いた》くなった。

(こまらせたくない……傷《きず》つけてしまったんだもの、これ以上《いじょう》、悲《かな》しませたくない)

「……がんばるから、わたし。思《おも》いだせるよう」

「うん……」

ありがとう、と尚志《ひさし》がつぶやいた。声《こえ》に元気《げんき》がなかった。

麻衣《まい》は眠《ねむ》れなかった。尚志《ひさし》のアパートへ行《い》けたら、思《おも》いだせたかもしれない。それがくやしかった。

そのあと数日《すうじつ》、初美《はつみ》がいそがしいのと、集中《しゅうちゅう》できない麻衣《まい》のリハビリが進《すす》まないのとで、外出許可《がいしゅつきょか》が出《で》なかった。

尚志《ひさし》も麻衣《まい》に、何《なに》かえんりょしているような……腫《は》れ物《もの》にさわる、といった感《かん》じの態度《たいど》をかくさず、麻衣《まい》は無性《むしょう》に悲《かな》しかった。

(本当《ほんとう》のことを知《し》らなかったから、尚志《ひさし》さんは、あんなにやさしかったのかな。こまらせちゃったんだ。……前《まえ》みたいに、やさしい人《ひと》にもどってほしい……でも、全《ぜん》部《ぶ》、わたしのせいなんだ)

自分《じぶん》が思《おも》いだせないのが、すべて悪《わる》い、と、麻衣《まい》のあせりが募《つの》る。

(アパート。尚志《ひさし》さんのアパートに行《い》けば、きっと……)

◆◆◆◆◆◆◆◆

数日前《すうじつまえ》の晩《ばん》、麻衣《まい》が婚約指輪《こんやくゆびわ》をはめてみてから、こまったような顔《かお》で外《はず》して、ケースにもどしたのを、おれは見《み》てしまった。

(……おぼえて……ないんだ……おれのプロポーズも、そのあと勢《いきお》いで結婚式場《けっこんしきじょう》を予約《よやく》したことも……)

人生最大《じんせいさいだい》のイベントのひとつじゃないかと、思《おも》うのに……。

おれはまたショックを受《う》け、麻衣《まい》とうまく会話《かいわ》ができない何日《なんにち》かがつづいた。

(だめだな、麻衣《まい》を不安《ふあん》にさせるよな。前《まえ》みたいに、変《か》わらずに接《せっ》しなきゃ。おれをおぼえてなければ、きらいになる、みたいに思《おも》ってほしくない。

おれは麻衣《まい》が好《す》きだ、何《なに》があっても。……ただ、おれが好《す》きなのは、昔《むかし》の麻衣《まい》であって、今《いま》の記憶《きおく》を失《うしな》った麻衣《まい》なのか、と言《い》われたら……いや、どうしてそんなふうに考《かんが》えるんだ、だめだろ、おれ。

おれは、どんな麻衣《まい》でも、愛《あい》しつづけると決《き》めてる、そうだろ）

その朝《あさ》も、いつものようにおれは麻衣《まい》の病室《びょうしつ》へ行《い》った。けれど……。

「いない!?」

麻衣《まい》のベッドが空《から》っぽだった。

台《だい》の上《うえ》に『外出《がいしゅつ》してきます』と、メモがある。まだ布団《ふとん》の中《なか》は冷《ひ》えきっていない。

遠《とお》くへは行《い》っていないはずだ。ナースセンターへかけこむ。

「麻衣《まい》がっ、どこへ行《い》ったか、知《し》りませんか？」

「お手洗《てあら》いは？　売店《ばいてん》？」

「そうじゃなくて！　さがしてきます！」

おくから出《で》てきた看護師《かんごし》さんの手《て》に、麻衣《まい》が書《か》いたメモをおしつけると、おれは走《はし》りだした。病院《びょういん》の玄関《げんかん》へ急《いそ》ぎながら、初美《はつみ》さんに電話《でんわ》する。

「あのっ、麻衣《まい》が病室《びょうしつ》にいなくて」

『えっ、どこに行《い》ったの？　病院《びょういん》の中《なか》じゃないの？』

「無断外出《むだんがいしゅつ》したらしいんです」

『無断外出《むだんがいしゅつ》!?』

「はい」

『外出《がいしゅつ》って、なんで……？　どこへ……』

「全然《ぜんぜん》わからなくて。今《いま》さっき、勝手《かって》にひとりで出《で》たみたいなんです」

『わかったわ。わたしもさがす』

「はい、おれもとにかく、病院《びょういん》のまわりをさがしてみます」

いったん電話《でんわ》を切《き》り、おれは病院《びょういん》の近《ちか》くの公園《こうえん》へ行《い》った。さがしまわるけれど、麻衣《まい》のすがたは見《み》あたらない。

すると、おれのケータイが鳴《な》った。電話《でんわ》の着信表示《ちゃくしんひょうじ》は、初美《はつみ》さんからだ。

『あ、尚志《ひさし》くん？　ひょっとしたら、尚志《ひさし》くんのアパートかもしれない。こないだ、見《み》たがってたから』

（おれの？）

麻衣《まい》が見《み》たがっている……。

「……わかりました。行《い》ってみます」

おれは病院《びょういん》の駐車《ちゅうしゃ》スペースへかけもどった。スクーターに飛《と》び乗《の》る。

空《そら》をおおう灰色《はいいろ》の雲《くも》が、いっそう厚《あつ》く垂《た》れこめはじめていた。病院《びょういん》を出《で》ると、すぐ前《まえ》の大通《おおどお》りには電停《でんてい》があって、路面電車《ろめんでんしゃ》が近《ちか》づいてくる。

(麻衣《まい》、路面電車《ろめんでんしゃ》に乗《の》ったのか！)

アパートへの中間地点《ちゅうかんちてん》あたりで、雨《あめ》が降《ふ》りだした。ぽつぽつと、大粒《おおつぶ》のしずくが顔《かお》に当《あ》たる。

(本降《ほんぶ》りにならないでくれよ)

おれの祈《いの》りもむなしく、たちまち、ざあざあとはげしく降《ふ》ってくる。麻衣《まい》はかさなんか持《も》っていないはずだ。

(麻衣《まい》！)

ようやくアパートの駐車場《ちゅうしゃじょう》までたどりついた。駐車場《ちゅうしゃじょう》のとなりの空《あ》き地《ち》のすみ……病気《びょうき》で麻衣《まい》が悲鳴《ひめい》をあげてあばれていたあの場所《ばしょ》に、

「麻衣《まい》！」

横《よこ》だおしになった車《くるま》いすと、なげだされて、水《みず》たまりのある地面《じめん》でもがく麻衣《まい》がいた。

びしょぬれで、泥《どろ》だらけ。でも麻衣《まい》は、車《くるま》いすをおこして乗《の》ろうと、必死《ひっし》だ。

「麻衣《まい》！　麻衣《まい》！」

おれはスクーターを停《と》め、麻衣《まい》にかけよってだきおこした。

「何《なに》やってんの、麻衣《まい》。むちゃだよ、こんなの」

麻衣《まい》は泣《な》きそうに顔《かお》をゆがめた。けんめいに、アパートのほうへ首《くび》を回《まわ》して、にらみつけるみたいにしている。小《ちい》さな声《こえ》で、くやしそうにつぶやいた。

「……だって……わたし、思《おも》いだしたいから……」

「え？」

「でも……全然《ぜんぜん》思《おも》いだせないし……こんなの、いやなの！　ぜったいにいや！」

麻衣《まい》は気《き》が強《つよ》くて、曲《ま》がったことが大《だい》きらいだ。こうと決《き》めたら、ゆずらない。

麻衣《まい》らしくて……そんなにも気《き》にしなくていいのに、という気持《きも》ちと、おれのことを気《き》にしてくれてうれしい、という気持《きも》ちが、両方《りょうほう》あふれてくる。

「……頭《あたま》が……」

雨《あめ》に打《う》たれながら、麻衣《まい》がおれのうでの中《なか》で、頭《あたま》をおさえた。

「頭《あたま》、痛《いた》いの？」

「頭《あたま》が……痛《いた》い……！　頭《あたま》がっ」

わめきながら、麻衣《まい》がもがきだす。おれは、六年前《ろくねんまえ》に連《つ》れもどされた気《き》がして、
パニックになった。

「う、わ、あああああっ」

麻衣《まい》のさけびが耳《みみ》の奥《おく》によみがえる。

――『バカやろーっ』

――『死《し》ぬのはわかってる！　殺《ころ》せ！　殺《ころ》せぇぇぇっ』

「麻衣《まい》、麻衣《まい》ーっ」

また、あの、目覚《めざ》めない日々《ひび》にもどってしまうなんてっ!!

「いやだぁぁぁぁっ」

初美《はつみ》さんが車《くるま》でかけつけ、おれと麻衣《まい》は病院《びょういん》へつれもどされた。浩二《こうじ》さんも病院《びょういん》に来《き》てくれた。

麻衣《まい》は病気《びょうき》が再発《さいはつ》したのではなく、ぬれて体《からだ》が冷《ひ》えたので、頭痛《ずつう》をおこしただけだった。体《からだ》を温《あたた》め、痛《いた》み止《ど》めの薬《くすり》を注射《ちゅうしゃ》されて、落《お》ちつく。

「麻衣《まい》、よかった……もうだいじょうぶだからね」

「麻衣《まい》、心配《しんぱい》するな」

初美《はつみ》さんと浩二《こうじ》さんにはげまされて、麻衣《まい》は泣《な》きながら初美《はつみ》さんにしがみついた。

「お父《とう》さん、お母《かあ》さん……ごめんなさい。せっかくよくなったのに……心配《しんぱい》かけてごめんなさい」

「だいじょうぶよ。だいじょうぶ」

「ごめんなさい」

わんわん、子《こ》どもみたいに泣《な》く麻衣《まい》は、おれのほうを見《み》なかった。ベッドの足《あし》もとに立《た》つおれには、何《なに》も言《い》わなかった。

おれは……けっきょく麻衣《まい》にとって、他人《たにん》のままなんだと、はっきりわかった。

(麻衣《まい》に無理《むり》させたのは……こんなにもつらい思《おも》いをさせたのは、おれだ。他人《たにん》なのに、麻衣《まい》のそばにいたがるおれのせいなんだ)

数日後《すうじつご》。天気《てんき》が回復《かいふく》し、麻衣《まい》の体調《たいちょう》ももどったので、おれは病院《びょういん》スタッフにことわって、麻衣《まい》をドライブに連《つ》れだした。

行《い》き先《さき》は、プロポーズした、あの山《やま》の展望台《てんぼうだい》だ。

「ごめんね、無理言《むりい》って」

車《くるま》を走《はし》らせながら、おれは麻衣《まい》に謝《あやま》った。おれのアパートを見《み》ても、何《なに》も思《おも》いださなかった麻衣《まい》は、ますます、おれとどう話《はな》したらいいのか、とまどったようすになっていた。

(こんなふうに、麻衣《まい》をしたかったわけじゃない。こまらせたくない。麻衣《まい》が悪《わる》いんじゃないんだ。おれたち……そういう運命《うんめい》だっただけ)

「わたしも、行《い》ってみたかったから。話《はなし》に聞《き》いて」

笑顔《えがお》を作《つく》って、麻衣《まい》がこたえる。

駐車場《ちゅうしゃじょう》に車《くるま》を停《と》めると、おれは麻衣《まい》の車《くるま》いすをおして、展望台《てんぼうだい》の外《はず》れへ行《い》った。

深呼吸《しんこきゅう》してから、おれは麻衣《まい》に語《かた》りかけた。

「ここで……結婚《けっこん》しようって……夜景《やけい》をながめながら」

「うん……」

今《いま》は昼間《ひるま》なので、真《ま》っ青《さお》に晴《は》れた空《そら》の下《した》、岡山《おかやま》の街《まち》のはるかかなたに、瀬戸内海《せとないかい》がかすかに望《のぞ》める。

初《はじ》めてのデートの日《ひ》も、空《そら》がきれいに晴《は》れていたっけ……。遠《とお》い昔《むかし》のことに思《おも》えた。二度《にど》と帰《かえ》らない、遠《とお》い遠《とお》い昔《むかし》。

麻衣《まい》はじっと景色《けしき》を見《み》ていた。けれども、ちっとも楽《たの》しそうではなく、まるで追《お》いつめられるように、ひとみが暗《くら》くかげってゆく。

「……もう、無理《むり》しなくていいよ、麻衣《まい》」

おれは、せいいっぱい、明《あか》るく話《はな》しかけた。

「え？」

「ぼくは、麻衣《まい》が目《め》を覚《さ》ましたとき、すっごいうれしくて……それで、毎日会《まいにちあ》いに行《い》ってさ。でも、麻衣《まい》からしたら……長《なが》いあいだ意識《いしき》がなくて、で、目《め》が覚《さ》めて……。そしたら、そこには知《し》らない人《ひと》がいて、自分《じぶん》の恋人《こいびと》だって、婚約《こんやく》もしてるって……すごくこわいだろうなって思《おも》う」

麻衣《まい》がうつむいた。否定《ひてい》しない。

「でも……それでも麻衣《まい》は……ぼくのこと、みとめようって、がんばってくれた」

おれは、麻衣《まい》をまっすぐに見《み》て、言葉《ことば》につまってしまう前《まえ》にと、早口《はやくち》で告《つ》げた。

「これからは、ちゃんと、自分《じぶん》をたいせつに生《い》きてほしいんだ」

——『もう、麻衣《まい》のことは、わすれてもらっていいんだよ』

まったくおなじ意味《いみ》の言葉《ことば》を、浩二《こうじ》さんから言《い》われたことがあった。それでもおれは、あきらめなかった。

(でも……それが、こんなにも自分勝手《じぶんかって》な結果《けっか》になってしまうなんて……あのとき、麻衣《まい》と別《わか》れていたら……麻衣《まい》は苦《くる》しまなかったかもしれない)

麻衣《まい》はおれの視線《しせん》をさけるように、自分《じぶん》で車《くるま》いすのむきを変《か》えた。

「わたしが……あんなふうになったから、ですか？」

ちがう。

麻衣《まい》のせいじゃない、と、おれは言《い》おうとした。でも……立場《たちば》が逆《ぎゃく》だったとして、おれじゃなくて、病気《びょうき》が悪《わる》いと言《い》われても、おれは納得《なっとく》せずに、自分《じぶん》を責《せ》めるだろう。

だから、言《い》うのをやめた。

「麻衣《まい》さんはすごいよ。あんな状態《じょうたい》からもどってきたんだ。今《いま》、こんなふうにしてられるのは、奇跡《きせき》みたいにすごいことだよ。みんな、麻衣《まい》さんががんばったからだよ」

麻衣《まい》はくちびるをかんだ。

「もう、苦《くる》しまなくていいんだ、麻衣《まい》さん。だから……ぼくはもう、会《あ》うのをやめる」

(自由《じゆう》になってくれ、麻衣《まい》。本当《ほんとう》に好《す》きな人《ひと》を、今《いま》から見《み》つけて、幸《しあわ》せになって)

麻衣《まい》の横顔《よこがお》が泣《な》きそうにゆがんだ。そして、ゆっくりとうなずく。

(さよなら……)

麻衣《まい》をリハビリ専門病院《せんもんびょういん》へ送《おく》り、待《ま》っていた初美《はつみ》さんと浩二《こうじ》さんにゆだねた。

「ありがとうね。気《き》をつけて」

(はい。……ありがとうございました)

初美《はつみ》さんと交《か》わすお礼《れい》が、中原家《なかはらけ》の家族《かぞく》だったおれの、最後《さいご》の言葉《ことば》になるはずだった。でも、口《くち》を開《ひら》いたら、なみだがあふれそうで、おれは奥歯《おくば》を強《つよ》くかみしめ、深《ふか》く深《ふか》く頭《あたま》をさげただけだった。

麻衣《まい》を見送《みおく》ることもせず、おれは急《いそ》いで車《くるま》を発進《はっしん》させた。なみだで視界《しかい》がぼやけないうちに。

でも……でも……たちまち、目《め》の前《まえ》がぼやけ、おれは道路《どうろ》のはしに車《くるま》を停止《ていし》させると、声《こえ》をあげて泣《な》いた。

もう、この車《くるま》の助手席《じょしゅせき》に麻衣《まい》が乗《の》ることはない。おれは、ひとりになった。

ハンドルにつっぷして、おれは号泣《ごうきゅう》した。

これでいいんだ、となんども自分《じぶん》に言《い》い聞《き》かせても、なみだは止《と》まらなかった。

初美《はつみ》さんと浩二《こうじ》さんには、あとから電話《でんわ》で伝《つた》えた。麻衣《まい》を送《おく》っていったときのおれのようすで、初美《はつみ》さんは気《き》づいていたそうだ。

ふたりとも、泣《な》いてくれた。

でも、止《と》めることもしなかった。

麻衣《まい》のためになる、もっともよいことをしよう。それがおれと麻衣《まい》のご両親《りょうしん》共通《きょうつう》の、最優先《さいゆうせん》でたったひとつの思《おも》いだったからだ。

7　もう一度《いちど》、会《あ》いたい

　おれは、太陽《たいよう》モータースをやめ、岡山《おかやま》をはなれた。理由《りゆう》を聞《き》いて、柴田社長《しばたしゃちょう》も室田《むろた》さんも、何《なに》も言《い》わずにおれを送《おく》りだしてくれた。

再就職先《さいしゅうしょくさき》は、柴田社長《しばたしゃちょう》が紹介《しょうかい》してくれた、小豆島《しょうどしま》の小《ちい》さな自動車整備工場《じどうしゃせいびこうじょう》だった。年配《ねんぱい》の整備士《せいびし》さんがひとりで守《まも》っていた工場《こうじょう》だけれど、その人《ひと》が脳梗塞《のうこうそく》でたおれ、麻衣《まい》の病室《びょうしつ》にいたおばあさんみたいに、右半身《みぎはんしん》が不自由《ふじゆう》になってしまったのだ。

　その工場《こうじょう》をたよりにしている島《しま》の人《ひと》が多《おお》く、おれがひきついで、働《はたら》くことになったのだ。工場《こうじょう》の二階《にかい》で生活《せいかつ》もできる。

　いつだったか社長《しゃちょう》が言《い》ったとおり、漁師《りょうし》さんたちの使《つか》う軽《けい》トラックが、潮風《しおかぜ》で傷《いた》んでは、しょっちゅう工場《こうじょう》にやってくる。仕事《しごと》はたくさんあった。

小豆島《しょうどしま》に来《き》て一《いっ》か月《げつ》あまり。おれがガレージで、軽《けい》トラックの車体《しゃたい》の下《した》にもぐりこんで修理《しゅうり》していると、この工場《こうじょう》の元《もと》の主《あるじ》でもある、大家《おおや》さんがやってきた。毎日《まいにち》、リハビリで散歩《さんぽ》をしているそうだ。

「どうだ？　あんちゃん、だいぶなれたか？」

「あ、はい」

「設備《せつび》もあんまりねえし、こんな車《くるま》の修理《しゅうり》ばっかじゃ、つまんねえだろ？」

おれは軽《けい》トラックの下《した》から顔《かお》を出《だ》して、笑《わら》ってこたえた。

「いえ、楽《たの》しいです」

「へえ、変《か》わってんな」

「あはは、そうですか？」

太陽《たいよう》モータースにいたときからそうだけれど、仕事《しごと》に集中《しゅうちゅう》しているあいだは、麻《ま》衣《い》のことへの不安《ふあん》がうすらいだから、うそはついていない。

今《いま》のおれの恋人《こいびと》は、ちょっと具合《ぐあい》の悪《わる》い車《くるま》たちだ。

◆◆◆◆◆◆◆◆

二〇一三年四月《ねんしがつ》。西澤尚志《にしざわひさし》が麻衣《まい》のもとを去《さ》ってから、一年《いちねん》がすぎた春《はる》。

麻衣《まい》はとうとう、退院《たいいん》して自宅《じたく》にもどることができた。

自宅《じたく》は障害者《しょうがいしゃ》むけに改築《かいちく》され、玄関《げんかん》には車《くるま》いすでものぼれるスロープがつき、トイレも廊下《ろうか》も広《ひろ》くなった。和室《わしつ》はなくなり、部屋《へや》と部屋《へや》の段差《だんさ》もない。

麻衣《まい》の部屋《へや》は、二階《にかい》から一階《いっかい》へ変《か》わった。

「帰《かえ》ってきました！」

「きましたぁっ」

初美《はつみ》と麻衣《まい》が声《こえ》をそろえてそう言《い》い、浩二《こうじ》の車《くるま》から中原家《なかはらけ》の玄関《げんかん》へ降《お》りたった。

「お帰《かえ》りなさい、麻衣《まい》」

浩二《こうじ》が感慨深《かんがいぶか》けに、返事《へんじ》をする。

「ただいま」

麻衣《まい》はうれしかった。まだ、歩《ある》く練習《れんしゅう》のために、あの病院《びょういん》へ通院《つういん》の必要《ひつよう》はあるけれど、それ以外《いがい》は自宅《じたく》ですごせるのだ。

自分《じぶん》の足《あし》でしっかりと立《た》ちつづけられ、歩《ある》けるようになれば、また調理《ちょうり》の仕事《しごと》に復帰《ふっき》できる。麻衣《まい》は目標《もくひょう》をそう決《き》めた。

浩二《こうじ》が麻衣《まい》の車《くるま》いすをおし、玄関《げんかん》に入《はい》る。

「だいじょうぶ？」と、初美《はつみ》が浩二《こうじ》と麻衣《まい》を心配《しんぱい》した。スロープはそれなりにきつい。

「うん。よいしょ」

「よいしょ」と、麻衣《まい》も声《こえ》をそろえた。

自分《じぶん》の部屋《へや》に入《はい》ると、麻衣《まい》は車《くるま》いすに乗《の》ったまま、先《さき》に運《はこ》びこまれていた荷物《にもつ》の整理《せいり》をはじめた。二階《にかい》の部屋《へや》から持《も》ってきたものだ。

七年間《しちねんかん》がそのまま、時間《じかん》を止《と》めている。

荷物《にもつ》の中《なか》に、使《つか》っていたケータイがあった。二《ふた》つ折《お》りのガラケーなんて、今《いま》となっては、だれも使《つか》っていない古《ふる》いタイプになってしまった。

充電《じゅうでん》コードをつないで、電源《でんげん》を入《い》れると、画面《がめん》が立《た》ちあがった。

（まだ使《つか》える……）

ロックの解除画面《かいじょがめん》が現《あらわ》れる。

《暗証番号《あんしょうばんごう》は？》

パスワードとして、四《よん》けたの数字《すうじ》を打《う》ちこむタイプだった。麻衣《まい》はさっそく、自《じ》分《ぶん》の誕生日《たんじょうび》を入力《にゅうりょく》した。

《暗証番号《あんしょうばんごう》がちがいます》

（あれ？　そうだっけ？）

電話番号《でんわばんごう》、自宅《じたく》の番地《ばんち》、高校時代《こうこうじだい》の出席番号《しゅっせきばんごう》、両親《りょうしん》の誕生日《たんじょうび》……どれを入《い》れても、結果《けっか》はおなじだった。

《暗証番号《あんしょうばんごう》がちがいます》

ケータイは使《つか》えるようにならない。

（こまったな……）

この中《なか》に、友人《ゆうじん》たちの電話番号《でんわばんごう》が入《はい》っている。変《か》えた人《ひと》もいるかもしれないけれど、連絡《れんらく》がつく人《ひと》には、退院《たいいん》したと伝《つた》えたい。

麻衣《まい》はため息《いき》をついた。


それから一年間《いちねんかん》。

麻衣《まい》は、歩《ある》く練習《れんしゅう》のためにリハビリ専門病院《せんもんびょういん》へ通《かよ》いつづけた。好《す》きだった調理《ちょうり》の仕事《しごと》にもどるために。

そして……何《なに》かに夢中《むちゅう》になることで、あの人《ひと》をわすれるために。

あの人《ひと》のことを思《おも》いだすと、胸《むね》が痛《いた》くなる。自分《じぶん》のために、長《なが》い時間《じかん》をむだにさせてしまった、という後悔《こうかい》だった。

裏切《うらぎ》ってしまったような気分《きぶん》だ。

(どうしてるんだろ……元気《げんき》だよね？　新《あたら》しい彼女《かのじょ》ができてると、いいな)

でも、やっぱり、どうしても胸《むね》が痛《いた》い。


二〇一四年四月六日《ねんしがつむいか》。

麻衣《まい》は、岡山中央総合病院《おかやまちゅうおうそうごうびょういん》で、病気《びょうき》が再発《さいはつ》していないかの検査《けんさ》を受《う》けた。脳《のう》の検《けん》査《さ》、血液検査《けつえきけんさ》、内臓《ないぞう》のCT《シーティー》スキャン……。

麻衣《まい》と初美《はつみ》は結果《けっか》を聞《き》くために、診察室《しんさつしつ》へ入《はい》った。久《ひさ》しぶりに会《あ》った主治医《しゅじい》の先《せん》生《せい》が、検査結果《けんさけっか》を見《み》て、うれしそうに言《い》った。

「うん！　順調《じゅんちょう》に回復《かいふく》してますよ。もうだいじょうぶ」

緊張《きんちょう》していた麻衣《まい》がほっとして息《いき》をもらすと、初美《はつみ》が頭《あたま》をさげる。

「ありがとうございます」

「よかったあ！」と、麻衣《まい》は初美《はつみ》の手《て》をとった。主治医《しゅじい》の先生《せんせい》も、笑顔《えがお》でこたえた。

「ちゃんと結婚《けっこん》して、お子《こ》さんだって産《う》めますよ。がんばったんだから、幸《しあわ》せになってくださいね」

「えっ？」

先生《せんせい》は尚志《ひさし》と麻衣《まい》が別《わか》れたことを知《し》らないのだ。

「あ、いえ……でも、わたしは……」

「ああ、手術《しゅじゅつ》のこと？」

先生《せんせい》はかんちがいしたようだ。

病気《びょうき》の原因《げんいん》だった卵巣《らんそう》——赤《あか》ちゃんの元《もと》が入《はい》っているところを、とってしまっているので、もう赤《あか》ちゃんは産《う》めないはず。麻衣《まい》はそう思《おも》っていた。

「子《こ》どもを産《う》めるように治《なお》してくださいって、お母《かあ》さんが」

先生《せんせい》の言葉《ことば》に、麻衣《まい》は初美《はつみ》を見《み》た。初美《はつみ》がほほえむ。


病院《びょういん》からの帰《かえ》り、麻衣《まい》は初美《はつみ》と、デパートで買《か》い物《もの》をした。

病気《びょうき》が治《なお》ったのがうれしくて、目《め》にとまった洋服《ようふく》を何着《なんちゃく》も買《か》った。早《はや》くも春《はる》ものバーゲンがはじまり、きれいな服《ふく》がたくさんあった。

病気《びょうき》になる前《まえ》にも、おなじようにあったのかもしれないけれど、こんなにもきれいで、色《いろ》あざやかには目《め》に飛《と》びこんでこなかった。

売《う》り場《ば》で、華《はな》やかな色《いろ》にかこまれて、「あの服《ふく》」と初美《はつみ》が指《ゆび》さす。

「わあ、きれい」

「きれいね」

やがてふたりはショップの買《か》い物《もの》ぶくろをいくつもかかえて、デパートのドアから出《で》てきた。

「いいものが見《み》つかって、よかった。麻《ま》衣《い》、車《くるま》持《も》ってくるから、ここで待《ま》ってて」

「うん」

初美《はつみ》が駐車場《ちゅうしゃじょう》へむかう。道《みち》のむかいには、結婚式場《けっこんしきじょう》があった。尚志《ひさし》から聞《き》いた、予約《よやく》したという結婚式場《けっこんしきじょう》。

(チャペル……大理石《だいりせき》の大階段《おおかいだん》……小学生《しょうがくせい》のときから、あのチャペルのドアのむこうに、あこがれていた。それは思《おも》いだした……)

でも、尚志《ひさし》とのことが、思《おも》いだせない。麻《ま》衣《い》は目《め》をそらした。

そのとき……「あっ」と、女性《じょせい》の声《こえ》がした。思《おも》わずそちらを見《み》ると、チャペルの門扉《もんぴ》を開《あ》け、黒《くろ》いスーツの女性《じょせい》が、道《みち》をわたって走《はし》ってくる。結婚式場《けっこんしきじょう》のスタッフだろう。

車《くるま》いすに座《すわ》る麻《ま》衣《い》にむかって、笑顔《えがお》で、わき目《め》もふらずにやってくると、女性《じょせい》が話《はな》しかける。

「中原《なかはら》さん……ですよね？　お元気《げんき》になられたんですね、よかった」

「え？」

予約《よやく》を受《う》けつけてくれた島尾《しまお》だった。しかし、彼女《かのじょ》の顔《かお》を麻衣《まい》は思《おも》いだせない。

「ご予約《よやく》は、どうなさいますか？　今年《ことし》も来年《らいねん》にのばしてありますが、おなじお日《ひ》にちでよろしいでしょうか？」

「……は？　え……えっ？」

麻衣《まい》の反応《はんのう》に、島尾《しまお》は何《なに》かを察《さっ》したようだ。麻衣《まい》にたずねる。

「すこし……お時間《じかん》ございますか？」

そこへ、初美《はつみ》が車《くるま》を運転《うんてん》してきた。

「お母《かあ》さん、すこし駐車場《ちゅうしゃじょう》で待《ま》っててくれる？」


麻衣《まい》は、式場《しきじょう》の打《う》ちあわせスペースへ案内《あんない》された。尚志《ひさし》が話《はな》してくれた思《おも》い出《で》をメモした手帳《てちょう》に、スタッフの名前《なまえ》を書《か》いたことは、おぼえている。

(島尾《しまお》さんだ……。名札《なふだ》にも、そうある)

島尾《しまお》は、麻衣《まい》にお茶《ちゃ》を運《はこ》んでくると、むかいあって席《せき》についた。

「すみません」

「中原《なかはら》さん、もしかして、ご存《ぞん》じなかったんですか？　西澤《にしざわ》さんが、ずっと予約《よやく》をつづけていたこと」

「ずっと……ですか？」

「はい、ずっと。毎年《まいとし》、毎年《まいとし》、かならずその日《ひ》の前《まえ》にこちらへいらして、キャンセルはしませんって。……ただ、今年《ことし》はいらっしゃらなかったので、こちらの判断《はんだん》で、おなじようにしましたけれど……」

（わたしを、びっくりさせたかったんだ……きっと。退院《たいいん》のお祝《いわ》いとか、そんなで）

「なので、ずっと予約《よやく》されたままですよ」

島尾《しまお》は、七年前《しちねんまえ》に何《なに》があったのかを、くわしく語《かた》ってくれた。

――『その日《ひ》に間《ま》にあわなかったら、来年《らいねん》のおなじ日《ひ》を予約《よやく》しますから。お願《ねが》いします』そう言《い》って、あきらめようとしない尚志《ひさし》に、島尾《しまお》はこまりはてた。

『前例《ぜんれい》がなくて』

島尾《しまお》がそう言《い》うと、尚志《ひさし》はがっかりしたように、式場《しきじょう》を後《あと》にする。そのしょんぼりした後《うし》ろすがたに、島尾《しまお》は後悔《こうかい》した。

（夢《ゆめ》をかなえるのが、わたしの仕事《しごと》なのに……。夢《ゆめ》をかなえたくて、ウェディングプランナーになって、こんなにもここで結婚式《けっこんしき》をしたいと言《い》ってくださるお客《きゃく》さまが、目《め》の前《まえ》にいらっしゃるのに……わたしは、お客《きゃく》さまの夢《ゆめ》をやぶりすててしまった）

あとで上司《じょうし》にしかられるのを覚悟《かくご》で、島尾《しまお》は尚志《ひさし》を追《お》いかけた。

「西澤《にしざわ》さん！」

階段《かいだん》をかけおり、表《おもて》の道路《どうろ》を歩《ある》いていた尚志《ひさし》に追《お》いつく。

「わたし、なんとかしちゃいます！」

尚志《ひさし》は目《め》をかがやかせ、深《ふか》く頭《あたま》をさげた。

「……というわけで、毎年《まいとし》、三月十七日《さんがつじゅうしちにち》は、おふたりのために、式場《しきじょう》を空《あ》けてました」

「三月十七日《さんがつじゅうしちにち》……」

（メモによると、わたしとあの人《ひと》が、焼肉屋《やきにくや》さんで初《はじ》めて出会《であ》った日《ひ》……）

麻衣《まい》は、はっとなった。

（ケータイ！）

暗証番号《あんしょうばんごう》をいつ思《おも》いだしてもいいように、麻衣《まい》はケータイをつねにバッグに入《い》れていた。急《いそ》いでバッグの中《なか》からとりだす。

電源《でんげん》を入《い》れ、ロック解除《かいじょ》の画面《がめん》を立《た》ちあげた。

『暗証番号《あんしょうばんごう》は？』

〇《ぜろ》、三《さん》、一《いち》、七《なな》、と数字《すうじ》ボタンをおし、どきどきしながら実行《じっこう》ボタンをおす。

ぴろりろりん、と軽《かろ》やかな音《おと》が鳴《な》り、ロックが解除《かいじょ》された。

正解《せいかい》だった。二〇〇六年当時《ねんとうじ》の麻衣《まい》は、暗証番号《あんしょうばんごう》を自分《じぶん》の誕生日《たんじょうび》から、三月十七日《さんがつじゅうしちにち》に変《か》えていたのだ。

待《ま》ち受《う》け画面《がめん》が現《あらわ》れる。

それは、ろうそくに火《ひ》のついたバースデーケーキを前《まえ》にして、秋服《あきふく》の尚志《ひさし》と麻衣《まい》が体《からだ》をよせあい、仲《なか》よく写《うつ》っている写真《しゃしん》だった。

『たんじょうび　おめでとう　ひさし』

プレートにはそう書《か》かれている。全《まった》くおぼえはないけれど……。

「あ……！」

とたんに、ケータイはメールを受信《じゅしん》しはじめた。

『メッセージを受信《じゅしん》しました』

どんどん受信《じゅしん》メールの数《かず》が増《ふ》えてゆく。二十《にじゅう》……五十《ごじゅう》……百《ひゃく》……二百《にひゃく》をこえても受信《じゅしん》は止《と》まらない。

ようやく、五百二十六件《ごひゃくにじゅうろっけん》で、数字《すうじ》が止《と》まった。

「すごい数《かず》……」

それもそのはず、七年《しちねん》も放置《ほうち》していたのだから、と思《おも》いながら、麻衣《まい》はメールボックスの画面《がめん》を開《ひら》いた。

「ええっ!?」

ずらっとならんでいるのは、送信者名《そうしんしゃめい》『尚志《ひさし》』の文字列《もじれつ》。どれも、動画《どうが》が添付《てんぷ》されている。知《し》っている日付《ひづけ》は……とさがし、麻衣《まい》が目《め》を覚《さ》ましたと聞《き》いた、二〇〇八年七月二十一日《ねんしちがつにじゅういちにち》の朝《あさ》のメールを見《み》つけた。

メールを開《あ》けると、動画《どうが》がはじまる。ピンク色《いろ》の花《はな》が映《うつ》った。

聞《き》きおぼえのある声《こえ》がする。

『これ、つんでくから、待《ま》っててね、麻衣《まい》』

すごく、なつかしい気持《きも》ちになった。彼《かれ》の声《こえ》は温《あたた》かくて……聞《き》くと、胸《むね》がせつなくしめつけられる。つづけて、画面《がめん》は花《はな》をつむ彼《かれ》の手《て》もと、そしてカメラをのぞきこむ彼《かれ》の笑顔《えがお》を映《うつ》しだした。

彼《かれ》はシルバーのバイク用《よう》ヘルメットをかぶっていて、ヘルメットにかけたゴーグルに手《て》をのばしたところで、動画《どうが》が止《と》まる。

(尚志《ひさし》さん……あの人《ひと》の声《こえ》が聞《き》ける。あの人《ひと》の笑顔《えがお》が、ここにある)

麻衣《まい》は、メールボックスをスクロールした。どこまでも、どこまでも尚志《ひさし》からのメールがつづいている。

やっとたどりついた最初《さいしょ》の動画《どうが》メールは、麻衣《まい》がたおれて一《いっ》か月目《げつめ》の日付《ひづけ》だった。それより前《まえ》の日付《ひづけ》だと、何《なに》も知《し》らないほかの人《ひと》からのメールも混《ま》じっている。しかし、最初《さいしょ》の動画《どうが》メールからあとの送信者《そうしんしゃ》は、すべて尚志《ひさし》だった。

麻衣《まい》が眠《ねむ》っていた一年半《いちねんはん》のあいだ、尚志《ひさし》はたびたび、自撮《じど》り動画《どうが》メールを麻衣《まい》のケータイに送《おく》っていたのだ。目《め》を覚《さ》ましてからも、ペースは落《お》ちたけれど、定期的《ていきてき》に動画《どうが》が届《とど》いている。麻衣《まい》が転院《てんいん》してからも、それはつづいていた。

(尚志《ひさし》さん……会《あ》いたい……)

気《き》がつけば麻衣《まい》の目《め》から、なみだがひとつぶ、こぼれ落《お》ちていた。顔《かお》をあげると、島尾《しまお》がほほえんでいる。

「す、すみません……あの、かならず、お返事《へんじ》します！」

麻衣《まい》は車《くるま》いすをこぎ、式場《しきじょう》を飛《と》びだした。

翌日《よくじつ》、麻衣《まい》は小豆島《しょうどしま》へわたるフェリーに、新岡山港《しんおかやまこう》からひとりで乗《の》りこんだ。初《はつ》美《み》に教《おし》えられた、尚志《ひさし》の今《いま》の住所《じゅうしょ》のメモを、しっかりとにぎって。

『尚志《ひさし》くんには、ひどいことを言《い》ってしまったこともあった……。麻衣《まい》のことはわすれてともお願《ねが》いしたのに、あきらめなかったのよ』

初美《はつみ》の言葉《ことば》が胸《むね》にささっていた。

(わたしだったら、そんなに待《ま》てるか、わからない。でも、尚志《ひさし》さんは待《ま》ってくれた。そばにいてくれた。……むだな時間《じかん》だったたって、思《おも》ってなければ、いいな……わたしのそばにいたこと、よかったたって……)

小豆島《しょうどしま》までは一時間《いちじかん》あまりかかる。フェリーの車《くるま》いすスペースで、手《て》にしていたケータイを、麻衣《まい》は見《み》つめた。

(謝《あやま》らなくちゃ。わたしこそ、わすれようとしたこと、謝《あやま》らなくちゃ。尚志《ひさし》さん、わたしを自由《じゆう》にしてくれたんだって、ちゃんとわかってなかった)

麻衣《まい》はケータイを開《ひら》いた。

ゆうべ、全部《ぜんぶ》の動画《どうが》を見《み》ようとしたけど、見《み》きれなかったのだ。それほどたくさんの動画《どうが》があった。まだ見《み》ていない動画《どうが》メールを開《ひら》く。

――『麻衣《まい》に作《つく》ってもらったパスタを、作《つく》ってみました！』

場所《ばしょ》はおそらく、尚志《ひさし》のアパートの部屋《へや》だ。

カメラが動《うご》いて、テーブルの上《うえ》の、パスタ……らしいものを映《うつ》しだす。

ぐっちゃぐちゃでのびきったパスタに、半分《はんぶん》つぶれた上《うえ》に色《いろ》が白《しろ》っぽくなったトマトのくし切《ぎ》りが、いくつかのっている。おせじにも、おいしそうとは言《い》えない。

『……無残《むざん》なことになりました。なんじゃこれは！』

ふたたび、尚志《ひさし》が映《うつ》った。フォークを持《も》っている。

『でも、食《た》べます。おーっ』

尚志《ひさし》がパスタを口《くち》に運《はこ》び、びみょうな表情《ひょうじょう》になったところで、動画《どうが》が停止《ていし》した。

（パスタ……わたしの得意料理《とくいりょうり》は、チーズをからめたトマトのパスタ……）

つぎの動画《どうが》は、背景《はいけい》に市街地《しがいち》にある川縁《かわべり》の遊歩道《ゆうほどう》が映《うつ》りこんでいた。尚志《ひさし》は道《みち》ばたにスクーターを停《と》めたらしく、ヘルメットとゴーグルがまず画面《がめん》に現《あらわ》れる。ケータイがスクーターに固定《こてい》されているらしい。

そこから、遊歩道《ゆうほどう》への階段《かいだん》をおりながら、尚志《ひさし》はあたりをきょろきょろした。

『麻衣《まい》！　愛《あい》してるよーっ。……あ、すいません』

通行人《つうこうにん》の女性《じょせい》が、画面《がめん》を横切《よこぎ》った。はずかしそうになった尚志《ひさし》が、カメラにかけよってきたところで、動画《どうが》が止《と》まる。

麻衣《まい》は泣《な》き笑《わら》いしながら、ケータイを胸《むね》にだきしめた。目《め》から、熱《あつ》いしずくがぼろぼろとあふれでて、つぎつぎにほおを伝《つた》う。

(尚志《ひさし》さんは、ずっとやさしかった。ずっとそばにいてくれた。わたしのために、自分《じぶん》の時間《じかん》を使《つか》ってくれた)

ただの他人《たにん》だったら、そこまでしてくれるだろうか。結婚式場《けっこんしきじょう》を何年《なんねん》もキープしつづけてくれたり、毎日《まいにち》、動画《どうが》を送《おく》って、目《め》が覚《さ》めてからはお見舞《みま》いに来《き》てくれて、リハビリにつきあってくれて……。

(なのに、わたし、思《おも》いださなくていいって言《い》われたら、あっさりそうして、思《おも》いだすのをあきらめた。尚志《ひさし》さんは、あきらめなかったのに)

こんなにも、深《ふか》く思《おも》ってくれる人《ひと》が、ほかにいるだろうか。

(胸《むね》が苦《くる》しい……こんなにも。尚志《ひさし》さんに、もう一度《いちど》、会《あ》いたくて……話《はな》したくて……)

そのころ、初美《はつみ》は麻衣《まい》がフェリーに乗《の》ったことを、浩二《こうじ》の職場《しょくば》に、知《し》らせに来《き》ていた。浩二《こうじ》は市役所《しやくしょ》の市民課《しみんか》に勤《つと》めている。引《ひ》っ越《こ》しなどの届《とど》け出《で》をする窓口前《まどぐちまえ》のベンチによびだすと、初美《はつみ》は浩二《こうじ》に伝《つた》えた。

「何《なに》も、ひとりで行《い》かせなくたって」

と、浩二《こうじ》がおどろいた。以前《いぜん》麻衣《まい》が、尚志《ひさし》のアパートをひとりで見《み》に行《い》き、雨《あめ》の中《なか》で転《ころ》んだまま、立《た》てなかったことを例《れい》にあげ、心配《しんぱい》する。

「だいじょうぶよ」

「いや、でも……」

「自分《じぶん》の力《ちから》で行《い》くべきなのよ」

浩二《こうじ》は不満《ふまん》そうだ。でも、初美《はつみ》は断言《だんげん》した。

「ね、だって、あれだけのできごとから、もどってきたんだもん、麻衣《まい》は。だから、だいじょうぶよ」

初美《はつみ》がゆずらないので、浩二《こうじ》もしぶしぶみとめた。


麻衣《まい》は、動画《どうが》を見《み》つづけていた。すべての動画《どうが》を見《み》て、もう一度《いちど》、最初《さいしょ》の動画《どうが》から見《み》てみる。

一番初《いちばんはじ》めの動画《どうが》は、こうだった。麻衣《まい》が病気《びょうき》でたおれて、ちょうど一《いっ》か月目《げつめ》だった。

──『えー、きょうから動画《どうが》を撮《と》って、麻衣《まい》のケータイへ送《おく》っておきます』

場所《ばしょ》は、麻衣《まい》の病室《びょうしつ》だ。

『なれない自撮《じど》りで、とてもはずかしいのですが、おきたらいっしょに笑《わら》おうと思《おも》って。麻衣《まい》です』

画像《がぞう》がぶれて動《うご》き、体中《からだじゅう》にチューブとコードをつながれ、ベッドに横《よこ》たわる麻衣《まい》が尚志《ひさし》の肩《かた》ごしに映《うつ》る。顔《かお》はぱんぱんにむくみ、ぱた、ぱた、ぱた、と手《て》がひっきりなしに動《うご》いている。

『きょうもよく寝《ね》ています。なかなかおきてくれません』

すこし先《さき》へ進《すす》んで、えらんだ次《つぎ》の動画《どうが》。尚志《ひさし》の顔《かお》のアップ。

――『きょうは、どこに来《き》ているでしょう。正解《せいかい》は』

カメラが背景《はいけい》を映《うつ》しだした。瀬戸内海《せとないかい》が一望《いちぼう》できる、雄大《ゆうだい》な景色《けしき》。ここは麻衣《まい》も知《し》っている。

(プロポーズしたっていう展望台《てんぼうだい》)

『ぼくたちの、思《おも》い出《で》の場所《ばしょ》に来《き》ていまーす。はげしく後悔《こうかい》しております。こんなところ、男《おとこ》ひとり、きっついわぁ……』

カメラが左右《さゆう》にゆっくりと動《うご》くと、いちゃいちゃするカップルがたくさん映《うつ》りこむ。五《ご》、六組《ろっくみ》はいるだろうか。

『気《き》まずいです。いっしょに夜景《やけい》を見《み》たの、麻衣《まい》はおぼえてるでしょうか。男《おとこ》ひとりで来《く》る場所《ばしょ》じゃありませんでした』

(ごめんなさい……本当《ほんとう》に、ごめんなさい)

声《こえ》をおさえつつ、麻衣《まい》は泣《な》きじゃくった。

次《つぎ》の動画《どうが》に切《き》りかえる。

また尚志《ひさし》の部屋《へや》だ。尚志《ひさし》はパジャマらしい室内着《しつないぎ》を着《き》ていた。

——『きょうはすこし、落《お》ちこんでいます。こんなときに麻衣《まい》がいないと、えー、ぼくはとてもさびしいので、早《はや》くおきてください、麻衣《まい》』

尚志《ひさし》は緊張《きんちょう》したり、えんりょすると、「おれ」から「ぼく」に変《か》わる。その変化《へんか》が、彼《かれ》の精神状態《せいしんじょうたい》を伝《つた》えてきていた。自撮《じど》りになれないくせに、いっしょうけんめいなのだ、麻衣《まい》を笑《わら》わせたくて。

『じゃ、またあした。きょうは、ここまで』

「……尚志《ひさし》さん」

会《あ》いたい。もう一度《いちど》、本物《ほんもの》の尚志《ひさし》の声《こえ》を、すぐそばで、じかに聞《き》きたい。そばにいるのを、感《かん》じたい。

つぎは麻衣《まい》の病室《びょうしつ》だ。眠《ねむ》っている麻衣《まい》がまた映《うつ》る。

——『先日《せんじつ》、卵巣《らんそう》の摘出手術《てきしゅつしゅじゅつ》をしました。がんばったね、麻衣《まい》』

（お母《かあ》さんと先生《せんせい》が……わたしが赤《あか》ちゃんを産《う》めるようにしてくれた……いつか、結婚《けっこん》したときに）

その相手《あいて》は、尚志《ひさし》のはずだった。

麻衣《まい》はたまらず、ちがう動画《どうが》を開《ひら》いた。

最初《さいしょ》の病院《びょういん》の近《ちか》くにある、公園《こうえん》だ。秋《あき》らしい、色《いろ》づきはじめた木《き》の枝《えだ》が、背後《はいご》に映《うつ》っている。

——『きょうは、二度目《にどめ》の散歩《さんぽ》です。お母《かあ》さんと、お父《とう》さんもいまーす』

カメラが動《うご》くと、車《くるま》いすに固定《こてい》され、薄目《うすめ》をあけてぼんやりしている麻衣《まい》と、車《くるま》いすをおす浩二《こうじ》、よりそう初美《はつみ》が映《うつ》って、手《て》をふる。

（わたし……ひどい顔《かお》。青白《あおじろ》いし、むくんでるし……これで元《もと》にもどるって信《しん》じてくれたなんて……）

写真《しゃしん》では見《み》てきたけれど、動画《どうが》で見《み》るとあらためて、自分《じぶん》が意識《いしき》のない重病人《じゅうびょうにん》だったとよくわかる。

（それでも、尚志《ひさし》さんは、わたしを好《す》きでいてくれた、ずっと）

また、なみだがあふれた。

つぎの動画《どうが》、つぎの動画《どうが》、麻衣《まい》はつぎからつぎへと動画《どうが》を見《み》た。

太陽《たいよう》モータースの前《まえ》で、尚志《ひさし》がクラシックカーの前《まえ》に立《た》ち、サングラスをかけてかっこつけている。

――『麻衣《まい》、待《ま》ってるぜ』

サングラスを外《はず》し、尚志《ひさし》が照《て》れ笑《わら》いした。

(尚志《ひさし》さん……まだ、待《ま》っててくれる？　わたし、あきらめなくてもいい？　今《いま》さらだけど……あきらめたくなくなったの)

フェリーの船内《せんない》アナウンスが、まもなく小豆島《しょうどしま》に到着《とうちゃく》すると告《つ》げた。

小豆島《しょうどしま》に着《つ》いた麻衣《まい》は、港《みなと》でタクシーを拾《ひろ》い、運転手《うんてんしゅ》に住所《じゅうしょ》の紙《かみ》を見《み》せた。

「ああ、あの自動車整備工場《じどうしゃせいびこうじょう》ね」

運転手《うんてんしゅ》は場所《ばしょ》を知《し》っているようで、麻衣《まい》が乗《の》るのを手伝《てつだ》うと、車《くるま》いすをトランクへ入《い》れて発進《はっしん》する。

まだまだ動画《どうが》はある。麻衣《まい》はつづきを見《み》た。

さっき乗《の》ってきたのとよく似《に》た、船《ふね》の中《なか》だ。窓《まど》の外《そと》は真《ま》っ暗《くら》だった。尚志《ひさし》はなぜか、決意《けつい》したような気張《きば》った顔《かお》をしていた。

――『小豆島《しょうどしま》……すごくすてきな場所《ばしょ》でした。麻衣《まい》にも見《み》せてあげたかったなあ。いつかいっしょに行《い》きましょう』

とたんに船《ふね》が大《おお》きくゆれて画像《がぞう》がぶれ、尚志《ひさし》の笑《わら》い声《ごえ》とともに、動画《どうが》が停止《ていし》する。

(小豆島《しょうどしま》……わたし、来《き》たよ。尚志《ひさし》さんに会《あ》いに)

つぎの動画《どうが》の背景《はいけい》は、麻衣《まい》の病室《びょうしつ》だ。

――『麻衣《まい》が眠《ねむ》って、四百一日目《よんひゃくいちにちめ》の夜《よる》です』

カメラが尚志《ひさし》の顔《かお》のアップから動《うご》くと、ベッドの上《うえ》に横《よこ》たわる麻衣《まい》が映《うつ》った。体《からだ》につないだ管《くだ》がへっている。尚志《ひさし》のもったいぶった声《こえ》が、動画《どうが》にかぶさる。

『えー、なんと本日《ほんじつ》、麻衣《まい》の人工呼吸器《じんこうこきゅうき》が外《はず》れました。えー、ただいま、麻衣《まい》は、自分《じぶん》の力《ちから》で呼吸《こきゅう》してます』

尚志《ひさし》の声《こえ》も最後《さいご》のほうは、感極《かんきわ》まったようで涙《なみだ》がまじっていた。麻衣《まい》もまた、なみだがあふれてきた。

（もうすぐ、会《あ》える！）

ケータイをにぎりしめると、麻衣《まい》は顔《かお》をおこし、前《まえ》を見《み》すえた。

オリーブらしい緑《みどり》の木々《きぎ》がしげる畑《はたけ》の中《なか》の道《みち》を、タクシーは進《すす》んでいく。


「ここだよ」

シャッターのおりた小《ちい》さな自動車整備工場《じどうしゃせいびこうじょう》の前《まえ》で、タクシーが停《と》まった。坂《さか》の上《うえ》で、屋根越《やねご》しに海《うみ》が見《み》える、小《ちい》さな集落《しゅうらく》の外《はず》れだ。

反対側《はんたいがわ》にある建物《たてもの》のドアが開《あ》いた。

（尚志《ひさし》さん？）

タクシーのドアを開《あ》けてもらい、麻衣《まい》は身《み》をのりだした。けれど、出《で》てきたのは、右半身《みぎはんしん》をやや不自由《ふじゆう》そうにして歩《ある》く、年配《ねんぱい》の男《おとこ》の人《ひと》だった。麻衣《まい》と目《め》があう。

（ちがった……）

「うちに、何《なに》か用《よう》か？」

「あの……西澤尚志《にしざわひさし》さんは……？」

ああ、と男《おとこ》の人《ひと》はうなずいた。

8 歩《ある》こう、いっしょに

二〇一四年四月十一日《にせんじゅうよねんしがつじゅういちにち》。

きょうは仕事《しごと》を休《やす》みにして、おれは、くらしている集落《しゅうらく》から海《うみ》へむかって坂道《さかみち》をおりていった。手《て》には日曜大工《にちようだいく》の道具箱《どうぐばこ》と、木《き》の板《いた》を一枚《いちまい》、ぶらさげている。

内陸部《ないりくぶ》で育《そだ》ったおれには信《しん》じられないくらい、海岸《かいがん》ぎりぎりに、小学校《しょうがっこう》が建《た》っていた。校庭《こうてい》から石垣《いしがき》の階段《かいだん》をおりたらそこは、砂浜《すなはま》だ。満《み》ち潮《しお》になれば、階段《かいだん》のすぐそばまで、波《なみ》が打《う》ちよせる。

小学校《しょうがっこう》……といっても、数年前《すうねんまえ》に廃校《はいこう》になったそうで、全部《ぜんぶ》で数十人《すうじゅうにん》いた子《こ》どもたちは、スクールバスで統合《とうごう》された学校《がっこう》へ通《かよ》っている。

子供《こども》たちが遊《あそ》んでいた校庭《こうてい》のブランコが、潮風《しおかぜ》でさび、こわれてしまっていた。

(約束《やくそく》したからな、修理《しゅうり》するって)

まだ学校《がっこう》が春休《はるやす》みだった前回《ぜんかい》の休日《きゅうじつ》、ここで遊《あそ》んでいる数人《すうにん》の子《こ》どもたちを、おれは散歩《さんぽ》の途中《とちゅう》でながめていた。

海《うみ》に飛《と》びこんでいきそうな勢《いきお》いで、四《よっ》つならんだブランコを、子《こ》どもたちが争《あらそ》うようにこいでいた。

けれど、ブランコがこわれ、ひとりが落《お》ちて泣《な》きだした。

「もう遊《あそ》べないね」

そう言《い》いながら、年長《ねんちょう》の子《こ》が、泣《な》く子《こ》を連《つ》れて帰《かえ》ろうとする。

「こわれちゃったもんな」

「だめだね、こわれちゃったら」

(こわれても、直《なお》せばいいのに)

おれはそう思《おも》った。直《なお》すのが、おれの仕事《しごと》だ。

「待《ま》った」

校庭《こうてい》のまん中《なか》に立《た》っていたおれの横《よこ》を、通《とお》りすぎようとした子《こ》どもたちを、おれはつい、よびとめていた。

「何《なに》？　修理屋《しゅうりや》さん」

おれのことは、集落《しゅうらく》のみんながおぼえてくれている。

「直《なお》せば、また乗《の》れるよ」

若者《わかもの》が少《すく》ないこの集落《しゅうらく》で、昼《ひる》でも自宅兼工場《じたくけんこうじょう》にいるおれは、よく、お年寄《としよ》りから助《たす》けをたのまれるようになった。

自動車《じどうしゃ》だけでなく、動《うご》かなくなったとびらや、レールから外《はず》れた窓枠《まどわく》、切《き》れた電《でん》球《きゅう》のとりかえ……あらゆる修理《しゅうり》をたのまれる。

直《なお》すのが、おれの役割《やくわり》になっていた。

「直《なお》せるの？」

「すごーい」

「じゃあ、直《なお》しといて」

と子《こ》どもたちが帰《かえ》っていく。潮騒《しおさい》が強《つよ》くなった気《き》がして、ふとふり返《かえ》り、波《なみ》が高《たか》くなってきた海《うみ》をながめた。

おれは、なんでも直《なお》せると思《おも》われているらしい。

「修理屋《しゅうりや》でも、直《なお》せないものも……あるんだけどな」

麻衣《まい》のすがたが、思《おも》いうかんだ。

もう、とりもどせない……。それは、自分《じぶん》でえらんだ道《みち》だ。


おれは、ブランコの修理《しゅうり》にとりかかった。校庭《こうてい》を走《はし》り回《まわ》っていた数人《すうにん》の子《こ》どもたちが、興味《きょうみ》をいだいて近《ちか》よってくる。

しばらく、おれの手元《てもと》をのぞきこんでいたけれど、すぐには直《なお》らないとわかると、あきてしまった。

「おじちゃん、下《した》で遊《あそ》んでいい？」

年長《ねんちょう》の子《こ》が、石段《いしだん》の下《した》の砂浜《すなはま》を指《ゆび》さす。

「うん、行《い》っといで」

「みんな、行《い》こ」

年長《ねんちょう》の子《こ》がさそうと、わっ、とみんな走《はし》りだした。

「あんまり遠《とお》くまで行《い》くなよ」

「うん！」

◆◆◆◆◆◆◆◆

「西澤《にしざわ》さんの大家《おおや》だ」という年配《ねんぱい》の男《おとこ》の人《ひと》に、彼《かれ》が小学校《しょうがっこう》の校庭《こうてい》にいると、麻衣《まい》は教《おし》えてもらった。ブランコの修理《しゅうり》をしているらしい。

車《くるま》いすをこいで、ゆるやかな坂《さか》を海《うみ》にむかってくだる。

校舎《こうしゃ》が見《み》えてきた。麻衣《まい》は車《くるま》いすにブレーキをかけ、あたりを見回《みまわ》した。

校庭《こうてい》のすみに、数人《すうにん》の人《ひと》かげがあった。

「あっ……ブランコ」

ブランコの下《した》で、子《こ》どもたちにかこまれて、しゃがみこんでいるのは、見《み》おぼえのある後《うし》ろすがただった。

どきん、と麻衣《まい》の心臓《しんぞう》が音《おと》を立《た》てた。

潮風《しおかぜ》が、麻衣《まい》の髪《かみ》をみだす。麻衣《まい》はブレーキを外《はず》し、全力《ぜんりょく》で車《くるま》いすをこいだ。

◆◆◆◆◆◆◆◆

ブランコのくさりに、新《あたら》しい部品《ぶひん》をとりつけて、新《あたら》しい板《いた》にとめた。

「よし、終了《しゅうりょう》」

おれは、ブランコに片足《かたあし》を乗《の》せ、体《からだ》を持《も》ちあげて体重《たいじゅう》をかけた。びくともしない。乗《の》ってもだいじょうぶだ。

砂浜《すなはま》で何《なに》かを拾《ひろ》い、なげて遊《あそ》んでいる子《こ》どもたちに、おれは声《こえ》をかけた。

「おーい、直《なお》ったぞ」

子《こ》どもたちがいっせいに、こっちをむいた。

「こわれたら、直《なお》せばいいんだからな」

直《なお》せるものならば。

「ありがとう、おじちゃん」

「ありがとーっ」

おれに手《て》をふると、子《こ》どもたちはこちらへ走《はし》ってきた。けれど、ブランコでは遊《あそ》ばず、校庭《こうてい》をかけ去《さ》っていく。

「バイバイ、おじちゃん」

「おじちゃんか……じゃあな」

おれも三十《さんじゅう》すぎてるもんな、りっぱなおじちゃんだよな。あのとき……七年前《しちねんまえ》、麻《ま》衣《い》と結婚《けっこん》していたら、きっとこのくらいの子《こ》どもがいたんだろうな。

「バイバーイ」

走《はし》りさる子《こ》どもたちを、ふり返《かえ》って見送《みおく》る——おれは、息《いき》をのんだ。

(まさか……幻《まぼろし》……か?)

目《め》をこすっても消《き》えない。

校庭《こうてい》のまん中《なか》に、車《くるま》いすに乗《の》った麻《ま》衣《い》がいた。たったひとりで。麻《ま》衣《い》は車《くるま》いすをこぎ、おれに近《ちか》づいてくる。

麻衣《まい》のコートのすそが潮風《しおかぜ》にあおられ、髪《かみ》がみだされた。まぶしそうに、麻衣《まい》が目《め》を細《ほそ》める。すごく……リアルで……。

（幻《まぼろし》じゃない！）

おれはふらふらと、すいよせられるようにして、麻衣《まい》へと足《あし》をふみだした。

「わたしが行《い》く！　わたしが行《い》くから！　待《ま》ってて！」

麻衣《まい》がさけび、おれは立《た》ちすくむ。

むかい風《かぜ》のなか、麻衣《まい》は車《くるま》いすをいっしょうけんめいにこいで、おれの目《め》の前《まえ》まで来《き》た。

おれは、言葉《ことば》にならなかった。どうして、ときたいのに。

「……どうしても、お礼《れい》、言《い》いたくて……尚志《ひさし》さん、ずっと待《ま》っててくれた。信《しん》じてくれて、そばにいてくれて……」

お礼《れい》を言《い》われるようなことじゃない。おれが、自分《じぶん》のために、勝手《かって》にやっていたことだ――また麻衣《まい》のすがたが見《み》られただけで、胸《むね》がいっぱいになって、おれは声《こえ》も出《だ》せず、ただ、ただ、首《くび》を横《よこ》にふる。

「でも……まだ、思《おも》いだせない」

そうだよな……。思《おも》いだしたから、会《あ》いに来《き》てくれたわけじゃなかった。

おれは、期待《きたい》していたことに気《き》づいて、苦笑《くしょう》しながら、小《ちい》さくうなずいた。

麻衣《まい》は真剣《しんけん》なひとみで、おれに告《つ》げた。

「それでもいい……だって……わたし……尚志《ひさし》さんのこと……もう一度《いちど》、好《す》きになったから！」

おれはなんてこたえていいか、わからず、ぼうぜんとしていた。

（今《いま》……好《す》きになったたって……）

言《い》いきって、麻衣《まい》は真《ま》っ赤《か》になって照《て》れた。小《ちい》さな声《こえ》で、つけたす。

「もう一度《いちど》って……なんか、変《へん》な言《い》いかただけど」

そんな麻衣《まい》がたまらなくかわいくて、愛《いと》おしくて、おれは麻衣《まい》の前《まえ》に進《すす》み、しゃがむと麻衣《まい》と目《め》の高《たか》さをあわせた。

やっと言葉《ことば》が出《で》てくる。伝《つた》えたいことは、たったひとつ。

「おれは、ずっと、好《す》きでした」

麻衣《まい》がほほえんだ。立《た》ちあがろうとする。おれは麻衣《まい》に手《て》をさしのべた。

「いっしょに歩《ある》こう」

車《くるま》いすのステップから、ブーツをはいた麻衣《まい》の両足《りょうあし》を地面《じめん》へおろすと、体《からだ》を正面《しょうめん》からかかえて、立《た》ちあがるのを助《たす》ける。

「いくよ。右足《みぎあし》……左足《ひだりあし》……」

支《ささ》えている麻衣《まい》の体温《たいおん》が伝《つた》わってくる。おれは、ゆっくりあとずさりながら、麻《ま》衣《い》に声《こえ》をかけた。

「右足《みぎあし》……左足《ひだりあし》……右足《みぎあし》……左足《ひだりあし》……右足《みぎあし》……そう、左足《ひだりあし》……」

麻衣《まい》が足《あし》を交互《こうご》に出《だ》す。リハビリを手伝《てつだ》っていたころよりも、スムーズに。その動《うご》きのなめらかさが、おれたちがはなれていた時間《じかん》を感《かん》じさせた。

「右足《みぎあし》……左足《ひだりあし》……右足《みぎあし》……左足《ひだりあし》……右足《みぎあし》……左足《ひだりあし》……右足《みぎあし》」

(こんなにも、麻衣《まい》はひとりでがんばってきた。ほとんど足《あし》が動《うご》かなかったのに)

おれはたまらなくなって、麻衣《まい》をいきなりだきしめた。

「歩《ある》こう、麻衣《まい》……いっしょに。これからも、ずっと」

麻衣《まい》がうなずき、おれをしっかりとだき返《かえ》すと、肩《かた》をふるわせて泣《な》きはじめた。

やまない波音《なみおと》が、おれたちをつつみこむ。

◆◆◆◆◆◆◆◆

尚志《ひさし》にだきしめられたしゅんかん、麻衣《まい》の脳裏《のうり》に、記憶《きおく》のかけらがひらめいて、あざやかによみがえった。

——二人《ふたり》が初《はじ》めて出会《であ》った夜《よる》……アーケードのむこうにある電停《でんてい》で、麻衣《まい》の誤解《ごかい》がとけた、あのとき。

『じゃ、カラオケ、歌《うた》ってくるね』

『うん』

『またね』

尚志《ひさし》に手《て》をふってかけもどった麻衣《まい》は、考《かんが》えていた。

(お腹痛《なかいた》かったなんて……冷《ひ》えちゃったのかな)

あ、と思《おも》いだす。足《あし》を止《と》め、バッグの中《なか》をさぐると、未使用《みしよう》のカイロがひとつ、出《で》てきた。

（これ、あげよう！　あの人《ひと》——西澤《にしざわ》さんの、笑《わら》った顔《かお》が見《み》たい。ぜったい、笑顔《えがお》がにあう人《ひと》だと思《おも》う）

麻衣《まい》はくるりとターンして、また走《はし》った。

『あのっ、これっ』

あの人《ひと》に、カイロをさしだす。

『これでお腹《なか》、温《あたた》めて』

彼《かれ》はびっくりしてから、うれしそうに笑《え》みを浮《う》かべた——。

◆◆◆◆◆◆◆◆

麻衣《まい》が尚志《ひさし》を好《す》きになったしゅんかんだった。初《はじ》めての、笑顔《えがお》で。

二〇一五年三月十七日《ねんさんがつじゅうしちにち》。よく晴《は》れた春《はる》の午後《ごご》。

二〇〇七年《ねん》から八年間《はちねんかん》ずっと、この日《ひ》が予約《よやく》されつづけていた結婚式場《けっこんしきじょう》で、八年《はちねん》越《ご》しの花嫁《はなよめ》をむかえいれるため、チャペルのドアが開《あ》いた。チャペルの中《なか》には、参《さん》列者《れっしゃ》がいっぱいに座《すわ》っている。

ベールダウンした花嫁《はなよめ》の視界《しかい》の奥《おく》に祭壇《さいだん》があり、バージンロードの赤《あか》いカーペットの先《さき》に、愛《あい》する人《ひと》が待《ま》っている。

司会《しかい》の女性《じょせい》によるアナウンスがひびいた。

「麻衣《まい》さん、お父《とう》さま、お母《かあ》さまといっしょに、ご入場《にゅうじょう》です」

花嫁《はなよめ》――真《ま》っ白《しろ》なウェディングドレスをまとった麻衣《まい》が乗《の》る車《くるま》いすを初美《はつみ》がおし、浩二《こうじ》が花嫁《はなよめ》の手《て》をとって、バージンロードを進《すす》む。

大《おお》きな拍手《はくしゅ》が参列者《さんれっしゃ》からわきおこった。

柴田社長《しばたしゃちょう》がいる。室田夫妻《むろたふさい》は女《おんな》の子《こ》を連《つ》れている。太陽《たいよう》モータースのなかまたち、主治医《しゅじい》の先生《せんせい》、リハビリの先生《せんせい》、看護師《かんごし》たち。麻衣《まい》の友人《ゆうじん》たち、小豆島《しょうどしま》の大家《おおや》さん。

尚志《ひさし》のそばまで来《き》た麻衣《まい》は、車《くるま》いすから立《た》ちあがった。浩二《こうじ》の手《て》を放《はな》し、片手《かたて》でブーケ、片手《かたて》でウェディングドレスのスカートを持《も》つと、ゆっくりと自力《じりき》で歩《ある》く。

一歩《いっぽ》、二歩《にほ》、三歩《さんぽ》……麻衣《まい》は自分《じぶん》の足《あし》で、白《しろ》いスーツすがたの尚志《ひさし》の腕《うで》の中《なか》へたどりついた。すがりつく麻衣《まい》を、尚志《ひさし》がしっかりと支《ささ》える。

ふたりは、笑顔《えがお》で見《み》つめあった。

これは、岡山県《おかやまけん》にくらす中原麻衣《なかはらまい》さんと西澤尚志《にしざわひさし》さんに、本当《ほんとう》にあった話《はなし》にもとづいた、愛《あい》の物語《ものがたり》。

結婚《けっこん》したふたりのあいだには、やがて男《おとこ》の子《こ》が生《う》まれた。

今《いま》、ふたりはとても幸《しあわ》せだ。

Shogakukan Junior Bunko

★小学館ジュニア文庫★

8年越しの花嫁 奇跡の実話

2017年12月11日　初版第1刷発行

著者／時海結以
脚本／岡田惠和

発行人／立川義剛
編集人／吉田憲生
編集／油井 悠

発行所／株式会社　小学館
〒101-8001　東京都千代田区一ツ橋2－3－1
電話　編集　03-3230-5105
販売　03-5281-3555

印刷・製本／中央精版印刷株式会社

デザイン／原茂美希

Printed in Japan　ISBN 978-4-09-231206-7